さんかく

千早 茜

祥伝社文庫

さんかく　目次

さんかく

塩むすび

雨が降ると、木造の古い京町家は濡《ぬ》れた土の匂いでいっぱいになる。

特に、土間を改装した台所は湿気がたち込め、ほとんど外と変わらない。湿気にはかすかに鉄錆《てつさび》めいた匂いも混じっている。黴《かび》臭さはもう気にならない。吹き抜けの天井を見上げると、天窓を打つ雨が淡い灰色の影になって落ちてくる。

口の細いやかんをコンロにかける。静かに揺れる青い火を眺めながらコーヒーの缶を開け、煎《い》った豆の匂いを吸い込む。皮膚の裏に貼りついていた眠気がみるみる剝《は》がされていく。コーヒーを淹《い》れると、家中に充満した外気が遠のく気がする。濃い香りがたゆたい、家は仕事場になる。マグカップを片手に奥の部屋へ行き、パソコンを起動させる。画面がたちあがるのを待つ間に、縁側へと続くガラス戸を開けた。

坪庭がある。木塀《こけむ》を挟んだ奥の家との目隠しになってくれている茂った笹。なかば土に埋もれ、台座が苔生した石灯籠。青紅葉《もみじ》は私の腰くらいしかない。もう一本の庭木は冬に赤い実をつけていたから南天だろう。坪庭の見本のような一群を眺める。この坪庭に私がしたことといえば、ホームセンターで買ってきた玉砂利をまいただけだ。たった五袋運んだだけで私の腰は悲鳴をあげ、植物たちは私に手を入れられることなく野放図な調和を保っている。雨でコーティングされた緑の葉がうるむように輝く。水をごくごくと吸い込む、この時期の植物が一番きれいだと思う。

一年前はデザイン事務所の入ったビルの非常階段から外を眺めていた。どの季節でも景色は変わらず、室外機の並ぶ薄汚れたビルの裏とコンクリートの道しか見えなかった。たいてい徹夜明けで、マグカップの中では煮つまった、ただ黒いだけのコーヒーが揺れていた。喉《のど》を潤すためでも、目を覚ますためでもなく、ひととき仕事から逃れるための免罪符のようにマグカップをにぎりしめ、なんの香りもしない黒い液体をすすっていた。

もしかしたら、香りはあったのかもしれない。でも、コーヒーに限らず、あの頃の匂いの記憶がない。カップラーメン、菓子パン、コンビニ弁当、差し入れの菓子や惣菜《そうざい》……なにを食べても味がしなかった。

会社を辞めて東京にいる理由もなくなり、とはいえ実家に帰る気にもなれず、美大の頃の友人たちが残る京都に戻ってきた。この古い家に足を一歩踏み入れた瞬間、黴と埃《ほこり》の匂いに大きなくしゃみがでた。それから、すこしずつ私の鼻と舌は息を吹き返しはじめた。

縁側のすぐ横、勝手口の隙間から水蒸気をふくんだ穀物の匂いがただよってきた。台所に戻り、土鍋の火を止める。いつの間にか、台所は霞《かすみ》がかかったように白米の甘い匂いに満ちている。

ご飯を蒸らす間にメールをチェックする。新規の問い合わせが一件きていて、思わず深く息を吐く。世の中から忘れられていない、という安堵《あんど》。一度目を通してから、席をたつ。納期の早い仕事だった。ありがたいけれど、今月は抱えている仕事だけで手一杯だ。無理をすればできないこともないけど。

「けど、けど」と、つぶやきながら伸びをする。身体は無理を避けたがっている。無理をして受けたダメージを修復するのに、昔よりずいぶん時間がかかるようになった。

――でも、とか、けど、が多いよね、あなたは。

昔に言われたことを思いだす。最後のあたり、そのひとは私のことをネガティブで否定的だと言うようになった。素直じゃない、とも。

いまの私はそういうネガティブで否定的らしき言葉が身の裡《うち》からでると、すこし構えて、そういう言葉をださせた対象からそっと離れるようになった。

土鍋の蓋をあけ、胸いっぱいに湯気を吸い、炊きたてのご飯に目を細める。まぶしい白。光を吸い込んだような米粒が、ぴちぴちとかすかな声をあげている。しゃもじで切るように混ぜ、茶碗《ちゃわん》にこんもりと盛る。今日は広島土産でもらった藻塩を使ってみる。

ふと、思う。

欲しいものに手を伸ばすより、手の中にあるものをなぞるようになったのはいつからだろう。三十半ばを過ぎた頃だろうか。気がついたら、そう、なっていた。

茶碗一杯分のご飯を、両の手で作ったくぼみでそっと包む。じんわり熱い。手首を動かしながらきゅっきゅっと力を込めていく。にぎっては皿に並べる。角のまるい三角の塩むすび。必要最小限のものだけで作られた、そのシンプルなかたちを美しいと思う。

まるで儀式のような毎朝の習慣。

塩むすびの皿を仕事机に持っていき、ぱくつきながらパソコンに向かう。

このまま夕方まで。さらさらと降る雨が集中を繋《つな》ぎとめてくれる気がした。

ショップカードのデザイン案を送ると、シャットダウンをクリックした。すっかりかたくなった首と肩をまわす。ついでに胸も揉《も》む。腋《わき》の下から両手で円を描いて持ちあげるようにして揉むと、リンパの流れが良くなる気がする。会社では味わえない至福。

パソコン画面が暗くなると、部屋は暗闇に沈んだ。わずかに青みがかった障子がぼんやりと浮かんで見える。京町家は縦に細長い。一階の最奥であるこの部屋が一番暗い。

携帯の点滅に気づいて見ると、伊東《いとう》くんからだった。四時くらいに、仕事の調子はいかがですか、とメッセージが送られてきている。

まだ六時過ぎだ。今日の分は終わりました、と返す。少し考えて、飲みにいこうかと思っています、と打ち込むと、すぐに既読がついた。

――どこにいくんですかー。

「瑞穂《みずほ》」と即答する。歩いていけるし、日本酒が飲みたい気分だ。

――丸太町《まるたまち》の？

スタンプで返そうとして、やめる。そっけなく、そうです、と打つ。

六つも年下の男の子には妙なところで気を遣ってしまう。彼はもう三十過ぎなので男の子という歳でもないのだけれど、出会った頃は白と紺のボーダーカットソーがよく似合う大学生の男の子だったせいで、いまだに男の子感が抜けない。

――気になっていた店です！　ご一緒していいですか。

行く店を確認してから言ってくるあたりが伊東くんらしい。店に電話して空席を確かめてから、ぜひぜひ、と返事をする。

二階にあがって、木綿《もめん》のシャツワンピースに着替え、無造作にしばっていた髪をまとめなおした。湿度のおかげか肌の調子は悪くない。軽くパウダーファンデーションをはたいて、眉だけ整えた。三十を過ぎて高い化粧品をあれこれ試した結果、ふだんはすっぴんでいるのが肌に一番いいという結論に至った。

雨はあがっていた。買ったばかりの白い革のスニーカーを履く。濡れた道を歩いて、寺《てら》町《まち》通にでる。老舗《しにせ》の店はもうほとんどがシャッターを下ろしていた。観光客がいなくなった、すっきりした道を御所のほうへ向かう。御所の鬱蒼《うっそう》とした木々からは濃い緑の匂いが流れてくる。

河原町《かわらまち》丸太町の、どことなく茫漠《ぼうばく》とした交差点を過ぎて数分で、見落としてしまいそうな小さな木製の看板が目に入った。丸い灯《あか》りが照らしている。

引き戸をひいて中に入る。カウンター八席だけのこぢんまりした居酒屋はほとんど埋まっていた。空いた二席の、奥のほうに座る。カウンターの中から冷たいおしぼりを渡してきた大将は私より明らかに年下で、大将というよりはバイトっぽい雰囲気だけれど、彼が一人で店をまわしているようだった。

毛筆のお品書きを眺め、自家製レモン酒をソーダ割でもらう。携帯を見ると、伊東くんから、七時半にはいけます、というメッセージが届いていた。

細かな気泡の入ったいびつなグラスがでてくる。作家さんもののグラスだろうか。

ガラスのゆがみは手にしっくりとなじんだ。透明な薄黄色い液体に口を近づけると、柑《かん》橘《きっ》の香りが炭酸の泡で弾《はじ》けて散った。

昔、伊東くんと働いていたことがあった。

もう十年以上も前のことだ。軽食もできるカフェの、私はキッチンで、彼はホールに立っていた。若い子ばかりの職場だったが、なんとなく私をはじめとしたフリーターはキッチンで、伊東くんなどの大学生バイトはホールというように分かれていた。

建築家デザインの椅子が置かれ、店内にはいつもボサノバが流れていた。聴いていると眠くなったことを覚えている。伊東くんのサロンエプロンを巻いた腰はひょろひょろと薄く、悪印象というほどでもないが、バイト仲間とふざけ合う姿には大学生特有の頼りなさと軽薄さがあった。学生とフリーターという立場の違い、そのうえ五つ以上も歳が離れていたので、そんなに親しくはなかったと思う。私がそこにいた期間も短く、もちろん連絡先も交換してはいなかった。

去年の師走、この店と似た雰囲気の居酒屋で隣り合わせ、「高村《こうむら》さんですよね」と声をかけられた。私も彼も一人だった。

ボーダーカットソーがスーツに変わったせいか、首まわりが太くなったような気がした。目の下に疲れと落ち着きをにじませていた。それでも、まだ若いといえる外見のままだった。

正直、名を覚えられていたことに驚いた。赤貝と金柑《きんかん》の白和《しらあ》えを、時間をかけて食べると「いとうくん」と思いだした。

伊東くんは「はい」と、はにかむように笑って、名刺をくれた。ちょっと迷った顔をして「それ、おいしそうでしたね」と空の器を見た。

あの後、伊東くんはかぶら蒸しを頼んだ。私は白子と卵豆腐の葛あんかけにした。寒い晩だったのだ。どちらからともなく、半分食べて交換した。二人とも、どちらを頼むか迷っていたものだったから。よく知らない誰かが箸をつけたものなのに、自然に食べていたことに後で驚いた。それから、月に一、二度、一緒に飲みにいくようになった。

そういえば、私たちが働いていたカフェはここからそう遠くはない。なんとなく古巣に戻ってきたようで気恥ずかしく、行けてはいなかったけれど。まだあるのだろうかと考えていると、引き戸が開いて、青くさい夜気が流れ込んだ。

「高村さん、お待たせしました」

伊東くんが軽く頭を下げる。高くもなく、低すぎもしない、威圧感のないちょうどいい声音。動作もゆったりしているので、隣に座られても身体が緊張しない。足元に置いた書類鞄《かばん》がでこぼことふくらんでいたが訊《き》かずにおいた。

「大丈夫。待ってないから」と、さきほど頼んだ冷酒のグラスを傾けてみせる。

「あ、初ガツオ」

伊東くんは私の手元に目をやり、すぐさまカウンターの中に「生ビールお願いします」と声をかける。

「藻塩、おいしかったよ」

背広を脱ぐ伊東くんに言うと、「もしょ?」と目を丸くする。笑ってしまう。ご当地マスコットの名前じゃないんだから。

「藻塩。こないだくれたじゃない。広島土産の」

ひと呼吸おいて「ああ!」と声をあげ、すぐに「なんか、すいません」とうなだれる。

「え、なんで」と軽く笑って、お品書きを渡す。

「釜飯は注文入ってから作るんだって。早めに頼んでおいたほうがいいみたい。私、この新生姜《しょうが》と桜海老にかなり惹《ひ》かれてる。しらすと大葉と迷うところだけど」

「いいですねえ」

伊東くんはＬＩＮＥと変わらず敬語なのに、私はつい年上ぶって敬語をやめてしまう。

注文を済ますと、伊東くんはビールをおいしそうに飲んだ。鯖《さば》のきずしがやってくると、日本酒に替える。銀色に輝くきずしには、すっと二本の切り込みが入っていて、ずいきがそえられていた。伊東くんは酸《す》っぱいものでも辛いものでも、好き嫌いなくよく食べる。

日本酒を分け合いながら、長芋のわさび漬け、イカと九条葱《くじょうねぎ》の酢味噌和え、鰯《いわし》の梅煮などを食べた。どれも丁寧に作られたきれいな味がした。お互いに注《つ》ぎ合ったりしないくらいには気心が知れているので、酒が進む。ほんとうにちょうどいい距離を保つ子だと感心する。

「高村さんって何曜日が休みなんですか？　自営業だとどうしているのか気になって」

伊東くんがめずらしく仕事の質問をした。フリーランスという言葉を使われなくてほっとする。

「休みはないかな」

「え、ちゃんと作ったほうがいいですよ」

「でも、徹夜はしないようにしているし、なるべく夕方までに終わらせて、こうやって飲みにでてるから問題ないの」

でも、と言ってしまった。確かに、でも、の後の発言は可愛《かわい》げがないと我ながら思う。自分の主張はせずに、心配してくれてありがとう、とか言うべきなのだろう。無理だけど。心配されるのは居心地が悪い。

ほんとうは休日の朝が苦手で、休みを作らない。せっかくの休日だからと、ちょっと手をかけた朝ごはんを食卓に並べても、一人で食べなくてはいけない。作りすぎた料理は食べるというより、片付けるという感じになってしまい、急に一人という事実がのしかかってくる。それ以外はどうにかやりすごせるのに、休日の空白感を埋めるのはまだ下手くそだ。だから、遊びの予定が入った日だけを休みにしている。

手作りだという、一夜干しのアジをそれぞれで食べた。臭みがなく、塩のあんばいもいい。派手さはないけれど、どれもきちんとした料理だ。伊東くんも満足そうに口に運んでいる。箸の使い方がちゃんとしている。

「高村さんは恋人はいるんですか？」

また唐突に、めずらしい質問をしてくる。恋人という言い方が好ましく、まわりだしたお酒も手伝って、つい素直に答えてしまった。

「恋とか、もういいかなって思うんだよね。もう、というほどしてきたわけじゃないけど」

伊東くんは黙って聞いている。

「なんかそういう、食べものの味がわからなくなるような関係って疲れる」

強がりと思われたら嫌だった。話したことを軽く後悔していると、「わかります」と伊東くんがうなずいた。「わからないよ」と私はすぐに言った。

「だって違う人間なんだから」

まだ若いくせに、とは言わなかった。

「そうですね。すいません。でも、それもわかります。簡単にわかると言われると嫌だろうとは思うんですが」

彼は生真面目な顔でそう言うと、「ぼくも仕事と生活だけで手一杯ですから」とへらりと表情を崩した。

「体力ないんだね」

「ないですないです」

笑い合い、話題を変えた。

胃が疲れてきたので茶碗蒸しを頼んだ。出汁《だし》のきいた優しい黄色に身体がゆるむ。食べ足りない伊東くんが角煮と煮玉子を追加した頃に、新生姜と桜海老の釜飯が炊きあがった。どちらからともなく浅漬けを注文する。

三つ葉と混ぜてほっくりと盛られた釜飯をひとくち食べて、飲みすぎていることに気づいた。湯気が妙にきらきらしている。新生姜の爽《さわ》やかな香りがうまく伝わってこない。伊東くんも二膳が限界だと言うので、残りを包んでもらう。

いつも割り勘。伊東くんのほうが多く食べるけれど、私のほうが多く飲んでいるから。

会計を済ませて店をでると、伊東くんが「しまった」と言った。手に店主から渡されたビニール袋を持っている。

「ああ、二つに分けてもらえばよかったね」

言いながら、同じ家に帰ると思われたのだと意識する。私たちはそんなに親しく見えたのだろうか。

「どうぞ」と、伊東くんがうやうやしくビニール袋を差しだしてくる。「やったあ」子どもっぽく喜んでみせる。どちらも酔っているのかもしれない。

まぶしいような気がして夜空を見上げると、雨雲が晴れた空で楕円《だえん》の月が光っていた。「月ですねえ」と伊東くんがのんびりと言い、人と見る月はことさらきれいだと、ほんのすこし思ってしまった。

気恥ずかしくなり、ビニール袋を抱くようにして黙って歩く。包みたての釜飯はまだあたたかかった。

伊東くんは少し間隔をあけて横に並んでいる。左手に、鴨川《かもがわ》にかかる橋が見えた。その向こうには京阪《けいはん》電車の駅がある。大阪に住む伊東くんは、帰るときはいつも橋が見える辺りで「今日はありがとうございました」と言う。言わないときは、私が「じゃあ」と言うまで一緒に歩く。家に帰らない晩、伊東くんがどこで過ごしているのかは知らない。訊いたこともない。

今夜の彼はなにも言わない。私に歩調を合わせて歩いている。「明日は?」と訊くと、前方からきた自転車を避《よ》けながら「代休です」と言った。私たちの間隔が狭くなる。

「それ、朝ごはんですか」

私を見下ろしてくる。座っているときは感じないが、彼はけっこう背が高い。

「うん。桜海老はね、次の日のほうが味が濃いよ。せっかくだから、だし巻きを作ろうかな。あと、味噌汁」

「具はなんですか」

「ふつうに豆腐とワカメ」

「いいですね。ぼくもご一緒したいです」

笑って流せばよかったのに、足が止まってしまった。

伊東くんがふり返る。口元に微笑を浮かべながら。なにか、勘違いさせるようなことを私はしただろうか。心当たりはない。

すっきりと仕事のされたごはんを食べて、いい気分で酔っていたのに、むかむかしたものが込みあげてくる。アラフォーで独身の女なら、簡単になびくとでも思っているのだろうか。

「やっぱ、これ、あげる」

ビニール袋を突きだす。明日の朝も、私は一人でまっしろな塩むすびを食べたい。こんなぬるいものはいらない。

「あ、いや」と、伊東くんが両手をあげた。無罪を主張するように。

「違うんです。そういう意味じゃなくて。ええと、すいません」

伊東くんは受け取らない。焦った顔でなにやら弁解している。引くに引けなくて、ぐいぐいとビニール袋を押しつける。なんの茶番だろう。謝るなよ、と思う。

「すいません」

また言った。青ざめた、必死の顔をしている。

もう怒ってはいない。ただ残念な気持ちがあって、怒っているふりがしたい。持て余した気持ちはこのビニール袋みたいだ。お願いだから、早く受け取って。

「なんか変なこと言いました。でも変な意味じゃなくて。ぼく、昔から高村さんのまかないが好きで」

「は?」

ビニール袋から手を離してしまった。落下する袋を、伊東くんが慌てて掴《つか》もうとしゃがむ。けれど、ぐしゃっとフードパックの潰れる音が夜道に虚しく響く。

伊東くんは地面にうずくまったまま動かない。

「……ほんと、純粋に高村さんの朝ごはんがおいしそうだと思って」

弱々しい声だった。丸まった背中が小刻みに動いている。まさか泣いているのかと驚いていたら、伊東くんは道の端に這《は》っていき「うええ」と無残な声をあげて植え込みの根元に吐きはじめた。

ぎょっとして後じさりした足になにかがぶつかった。

人参《にんじん》だった。立派な人参が濡れたアスファルトに転がっている。一本、二本、三本……鮮やかなオレンジ色を目で追っていくと、転がった伊東くんの書類鞄から飛びでていた。

車道を挟んだ向かいの道で、若いカップルがこちらを見て笑っている。地面に突っ伏して吐き続ける男と転がる人参。月が私たちをこうこうと照らしている。

ご一緒したいです。

まかないが好きで。

言葉が頭の中をまわる。

ちょうどいい距離を探して、伊東くんの背中を見つめながら立ち尽くした。

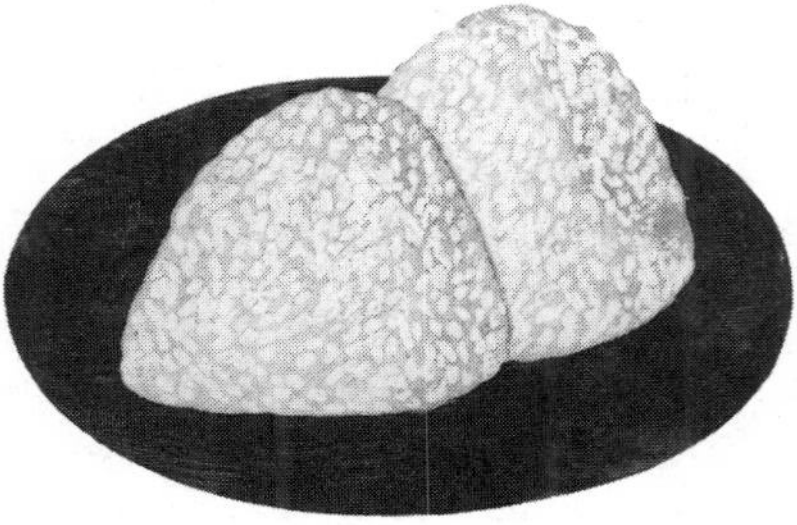

人参

伊東という苗字《みようじ》の、ありふれた感じは嫌いじゃなかった。

字面も悪くない。伊藤よりは書きやすいし、すっきりした印象がある。変に珍しい苗字で目立ってしまい、名前負けしてると思われるのは真っ平だ。同じ学年に必ずといっていいほど一人か二人いる埋没感に安心する。

良くも悪くもないくらいがちょうどいい。そう思って生きてきた。

ただ、最近ひとつ気になることがある。

伊東の最後の「う」がたいてい省略されることだ。学生のうちだけだと思っていたのに、社会人になって七年以上経《た》っても変わらない。営業部の先輩は「おい、いとー」と軽々しく、事務の女の子は髪をもてあそびながら「ちょっと、いとーさぁん」とけだるく呼ぶ。支店長ですら、「いとーくんって平成生まれだよね」とパソコンのことはなんでも訊いてくる。俺はぎりぎり昭和生まれなのだと何回言っても忘れる。営業所の隣に住む婆《ばあ》さんにいたっては「あんた」としか呼んでくれない。

決して馬鹿にされているわけではないし、訂正するほどでもない。誰に対してもなるべく同じ笑顔で応じる。けれど、俺だっていい歳の大人なんだから、もう少し丁寧に扱ってくれてもいいんじゃないかと、たまにもやもやする。「いとー」と伸ばされるたびに、自分が薄っぺらく、あやふやで、未熟な存在に思えてしまう。

でも、高村さんだけは違った。女性にしては低めの声で、「伊東くん」と清書するみたいに言う。きっちりと最後まで発音された「う」を聞くと、ぼんやりしていた自分のかたちが定まるようだった。認めてもらえているようで、正直、気分が良かった。

昔からそうだっただろうか。よく覚えていない。

高村さんとは、俺が大学生の頃に知り合った。京都の同じカフェで働いていた。高村さんは「厨房《ちゆうぼう》の人」だった。彼らはいつもきびきびと忙しそうで、客がこないと雑談をしているだけのホールの俺たちとは空気が違い、オーダーを通す時くらいしか話しかけることがなかった。

高村さんだけは妙に飄々《ひようひよう》としていた。店のスタッフの中では年長だったからそう見えたのかもしれない。時々、彼氏らしき男性が迎えにきていたが、冷やかせる雰囲気ではなかった。

まかないは厨房の担当だった。まかないがでることを最初は喜んだが、カフェの余った食材で作るので毎回パスタだった。申し訳程度にベーコンが入ったカルボナーラかペペロンチーノ。たまに、失敗したキーマカレーがトッピングされ、干涸《ひから》びたバゲットや前日のサラダがついてきた。二ヶ月で飽きた。

高村さんはまかない用に食材を持ち込んだ。鯖缶や塩鮭《しおじゃけ》を使って和風パスタにしたり、実家から送られてきたという野菜で具だくさんのスープを作ったりした。古くなったバゲットはコロッケの衣やデザートのパンプディングになった。賞味期限切れの小麦粉でうどんを打ってくれたこともある。

「おかんみたいだよなあ」と誰かが言っていた記憶がある。けれど、高村さんのまかないは人気で、彼女が厨房の日はすぐにシフトが埋まっていた。一人暮らしの貧乏学生にはありがたい存在だった。

一度、訊いてみたことがある。どうしてわざわざ食材を持ってきてまで凝ったまかないを作ってくれるのか。学生の頃の俺はどこかで、栄養のあるまかないを作ろうとする彼女のことをおばちゃん臭いなと思っていたのかもしれない。

「作ってあげてるとかではなくて」と高村さんは仕込みの手を止めずに言った。

「私、一日二食だから食事の半分がここなわけで、いいかげんなものを食べたくないの」

あの時、俺は何と返したただろう。それこそいいかげんな相槌《あいづち》を打ったに違いない。

けれど、働くようになってから、高村さんの言葉を時々思いだした。湯を入れるだけのインスタント食品で忙しく昼を済ます時、閉店間際のスーパーで値引きシールの貼られた弁当をプラスチックの籠に放り込む時、冷凍食品の揚げ物ばかりが並ぶ居酒屋での飲み会、この食事は自分の人生の食事の何割を占めるのだろうと考えることがあった。

そうは思っても、アパートに備え付けの簡易キッチンに立つ気にもなれず、野菜をもらっても冷蔵庫で腐らせるだけ。鞄を不格好に歪《ゆが》ませる人参のでっぱりは気の重いものだった。

去年、高村さんに再会して、彼女の変化の無さに安心した。そして、あのまかないが懐かしくなった。何度か飲んで気がゆるんだのかもしれない。迂闊《うかつ》な学生に戻ったように、俺はついその気持ちを口にしてしまった。

失敗した、とすぐに気付いた。次の瞬間、こめかみから血の気がひいて、胃の中のものがせりあがってきた。視界が真っ暗になった。暗いのに街灯や信号がやたらちかちかして、地面はぐにゃぐにゃと泥のようになり、気がついたら膝をついていた。

支えられ、路地の材木屋の角を曲がったのは覚えている。夜気にすうすうと木が香った。靴のかかとがずっずっとコンクリートを引っ掻《か》いていた。だらしない音だった。

伊東くん、もうちょっとだからがんばって。伊東くん、お水飲んで。はい、伊東くん、ここに横になって。

何度も呼びかけられながら、こんな切羽詰《せっぱ》まった状況でもちゃんと「伊東くん」と発音するのだな、と思った。それを最後に意識が暗闇に呑《の》み込まれた。

格子《こうし》の隙間から光が差し込んでくる。眩《まぶ》しい。寝返りをうつ。

家の前が道路のようだ。車の振動が伝わる。畳《たたみ》に伸びる光が途切れては差す。道を行く人が何か喋《しゃべ》っている。音が声になった途端に目が覚めた。

細長い日本家屋。急な狭い階段が上へと続いている。襖《ふすま》の取り払われた部屋はがらんと広い。鴨居《かもい》の向こうにラグの敷かれたリビングらしき部屋が見える。ローテーブルにソファと雑誌ラック。そこだけが古民家カフェのような内装だ。

人の動く気配がして、慌てて背中を向ける。

高村さんの家だということをやっと思いだす。

ぺったんこの布団は少し湿っていて、かすかに黴臭い。死んだばあちゃん家《ち》の布団みたい。

物音はするけれど、こちらへやってくる様子はない。かすかに野菜を茹《ゆ》でるような匂いが漂っている。こわごわ身を起こすと、腰の辺りに妙な解放感があった。ぎょっとして見まわす。

畳の上で、俺のベルトが蛇のように伸びていた。ズボンのファスナーも下がっている。自分で外した記憶がない。まさか。

眩暈《めまい》がして、布団に倒れ込む。ああ、もう、死んでしまいたい。

しばらくじっとしていたが、だんだん尿意が込みあげてきた。冷や汗と寝汗を吸い込み、くしゃくしゃになったシャツも気持ちが悪い。

引き戸が開いて、高村さんがソファの部屋へ入ってきた。胡麻《ごま》油の匂いが流れてくる。

「すみません、あの」

耐えられなくなり起きあがる。

「トイレは外だから」

こちらも見ずに言うと、高村さんは引き戸を開けたまま足早に戻っていった。じゅうじゅうと何かを炒《いた》める音がする。向こうは台所のようだ。

「あ、ありがとうございます」

畳を這うようにして土間へと向かう。

「違う、違う、こっち」

台所から高村さんが声をあげる。顔を覗《のぞ》かせて手招きしてくる。畳にさっと視線をすべらせて「そのベルト、私が外したんじゃないからね」と言って、素早く引っ込む。返事をする間もなかった。

呼ばれるままに台所へ行く。昨夜は暗くて見えなかったが、台所は土間の奥にあった。吹き抜けになっていて、自然光が降りそそいでいる。床板が冷たい。料理をする高村さんの後ろを横歩きで通り、裏口から出ると、小さな中庭があった。白い砂利をサンダルで踏み、トイレらしき木造の小さな離れへ駆け込む。

外の空気が吹き込むトイレは落ち着かなかった。用を足して出ると、縁側の横に簡易浴室のようなものが目に入った。風呂まで外なのか。

中庭は静かだった。通りの喧騒《けんそう》がいっさい届かない。住宅に埋もれるようにしてひっそりと在る。砂利にしゃがむと、ひやひやと湿った空気に包まれた。ますますこの狭い空間にすっぽり収まったような気がした。むくんだ顔を両手でこすり、大きく息を吐く。ようやく頭がはっきりしてきた。

家に戻ると、台所に高村さんの姿はなかった。リビングのソファに腰かけて雑誌をめくっている。一見してファッション雑誌ではない。広告写真と文字が多い、デザインか何かの専門誌のようだった。

いまさらだと思いながらも、ぼさぼさの髪を撫《な》でつけ、意を決して声をかける。

「おはようございます」

ローテーブルを挟んでラグの敷かれた床に座った。「おはよう」と高村さんが雑誌から顔をあげる。いつも通り髪をひとつにまとめ、地味な服を着ている。

「冷えるでしょ、この家」

高村さんは、なぜか嬉《うれ》しそうに言い、円《まる》い盆を引き寄せて急須から茶を注いだ。湯呑みのひとつが前に置かれる。ほうじ茶の香りの湯気がたつ。ひとくち飲んで、喉が渇《かわ》いていたことを知った。

「昼でも暗いしね」

やっぱり嬉しそうに話す。「こういう家に住んでいるんですね」と言うと、「隠居っぽいでしょ」とはじめて笑った。

「京都っぽいですけど。流行《はや》ってますよね、ええと……」

「町家」と高村さんは淡々とした声で言った。「でも、ここはリノベーションとかしていないから、ただ古いだけの家」

はあ、と間抜けな声がもれてしまう。どうやら流行りというものがお嫌いのようだ。

「あんなところで寝かせてごめんね。二階に部屋はあるんだけど、階段が急だから危ないかなって思って」

「あ、いえ」

背筋が伸びる。

「あと、あの人参。もらってよかったの？」

「あ、はい、助かります」

言いつつも、高村さんにあげた記憶がまったくない。そういえば、鞄が平たくなっている。

「人参は苦手だっけ？」

「そんなことないんですけど、人参ってカレーとかシチューとか何かに入っているものじゃないですか。単体だと、どうも使いにくくて」

「キャロットラペとかは？」

高村さんが懐かしいことを言った。一緒に働いていたカフェにあったメニューだ。

ぎくりとする。俺は就職活動がうまくいかず、就職浪人したあげく、あのカフェのオーナーに紹介してもらった大阪の厨房衛生用品の会社に入った。後悔しているわけではないけれど、なんとなく、彼女には知られたくない。

「嫌いじゃないですけど、サラダだけあっても……」

うまく千切りできる自信もない。

「まあ、ちょっと味気ないよね。実家、遠かったっけ？」

「長野です。でも、もう野菜なんて送ってきませんよ。会社にしょっちゅう雑談しにくるお婆さんがいて、その人にもらったんです」

ふうん、と高村さんが茶をすする。

「なんか、地主さんらしいんですけどね。今は一人暮らしみたいで。寂しいんですかね。野菜やら菓子やらくれて。でも、あれこれ世話を焼いてくれるわりに、ぜんぜん名前を覚えてくれないんですよ」

昨夜の非礼を詫《わ》びねばと焦るのに、どうでもよいことばかり喋ってしまう。

「ちょっとわかる」湯呑みに話しかけるように高村さんが呟《つぶや》いた。

「たまに人と話したくなるんだよね。ずっと一人でいると、声のだしかたを忘れた気がして」

ええと、と思う。共感の姿勢を見せるべきなのか。でも、俺には独居老人の気持ちはわからない。わかったふりをする人を高村さんは嫌う。とはいえ、そういうものなんですか、と距離を置くのも冷たい気がした。どうしようもなくて、ほうじ茶をすすった。芳《こう》ばしい。腹の底が温まる。

空気を払拭するように「そうだ」と高村さんが大きめの声をあげた。

「釜飯、夜食に食べちゃった。ごめんね」

「あれから仕事していたんですか？」

高村さんがちらりと奥の部屋に目を走らす。障子の隙間からパソコンのモニターが見えた。仕事部屋のようだ。

「うん、伊東くんの様子も気になったし」

「すみません」

「大人なんだから体調悪いときは控えなきゃ。気持ち悪くなるまで飲むのはどうかと思う」

きっぱりと、叱《しか》られた。驚きつつも、少しプライドが傷ついて、言い返してしまう。

「吐きたくて吐いたわけじゃないですよ。迷惑にならないよう、ちゃんと植え込みのところに吐きましたし」

「胃酸が混じっているし草花には良くないんじゃない」

「いじめないでくださいよ」

肩を落とすと、高村さんは相好《そうごう》を崩して笑った。遊ばれている。なんだか彼女はいつもより強気で、ほんの少し子供っぽく見えた。

「いじめてないよ、ちゃんと介抱したでしょ」

ソファにもたれる姿に、自分の家だからなのだと気付く。これが高村さんの家の顔なのか。

「ちょっと面白かっただけ」と俺を見る。

「なにがです」

「伊東くん、器用そうに見えたから」

返事に窮する。減点ということか。情けない。

高村さんがローテーブルの上のスマホを手に取ったので、俺も畳を四つん這いで進んで鞄から自分のスマホをだした。画面がお知らせの白い文字で埋まっている。すべて、華《はな》からだった。

相変わらず、三時とか四時とか夜なのか朝なのかわからない、すごい時間にメッセージがきている。いや、彼女は俺への返事をくれただけだ。いつもこちらから連絡をしないと音信が途絶えてしまう。バッテリー残量があと三十二パーセント。短いメッセージを送る。既読がつかない。まだ寝ているのだろう。ちゃんと家で寝ていたらいいのだけど。なんだか生存確認みたいだなと思う。文字ばかりで、ずっと顔を見ていない。恋人と呼んでいいのか不安になるほどだ。画面を見つめている間にもバッテリー残量が三十パーセントを切る。

「充電する？」

「大丈夫です、持ってますから」

携帯用の充電器に繋いでいると、「ほら、そういうところ」と高村さんが目を細めた。

「そつがない。隙がない。最近の若い子ってみんなそうだよね」

「そうですかね。まあ、別に充電なくなってもいいんですけどね」

どうせ連絡はこない。いつだって華は忙しい。自分より忙しい相手にはつい遠慮してしまう。首を傾《かし》げかけた高村さんと目が合い、慌てて言う。

「たぶん、失敗したくないんですよ」

口にしてから、「でも、してしまいましたけど」とふたたび高村さんを見ると、「そうだね」と笑ってくれた。自分で言うと、迷惑をかけてしまったことを恥じる気持ちが少し楽になった。なりゆきで笑ってみると、お腹が鳴った。

高村さんが「なにか食べられそう？」と立ちあがり、台所へと向かう。

すぐに鍋敷きを手に戻ってくる。黒くて丸い土鍋が、ローテーブルの真ん中に置かれる。ランチョンマットに箸、小皿、茄子《なす》と胡瓜《きゅうり》の漬物、「はいこれ、人参しりしり」と茶ばんだ人参の細切りがたっぷり入ったボウルがでてくる。

「しりしり？」

「人参を胡麻油と醤油《しょうゆ》で炒めたもの。今日はシーチキンも入れた。適当にざくざく切って炒めるだけだから簡単だよ。どうぞ」と椀《わん》が差しだされる。両手で受けると、味噌汁の湯気が鼻をくすぐった。昨夜、高村さんが具は豆腐とワカメと言っていたことを思いだす。

「いただきます」

箸を手に取ると、「はい」と返ってきた。高村さんが土鍋の蓋を取る。不思議な匂いがした。爽やかで、ちょっぴり青臭い。後から和食屋のような品の良い出汁の香りが追いかけてくる。

覗き込んで驚く。土鍋の中は鮮やかなオレンジ色だった。目がしぱしぱする。

「なんですか、これ？」

高村さんが混ぜながら「あけぼののご飯」と答える。

「人参のすりおろしを入れた炊き込みご飯なの。たたいた梅干しも入っているから二日酔いにはいいと思うよ」

白い茶碗にこんもり盛ってくれる。てっぺんに塩昆布を少し。

熱々のご飯をかき込む。見た目の鮮やかさに反して、優しい味だった。ほのかな酸味で口の中がさっぱりして、いくらでも食べられそうだ。人参のしりしりも甘じょっぱくて箸が進む。

「甘いですね」

「うん、人参の甘み。砂糖は入れていないから」

「このご飯、昆布《こぶ》出汁ですか」

「うん、そう」

高村さんが片手で目頭を揉む。

「人参の色ばっかり見ていたら目が変になる」と困ったように笑う。

「でも、なんか元気がでます」

「食事ってそうじゃなきゃいけないんだよね、ほんとうは」

独り言のように呟き、ローテーブルに頬杖《ほおづえ》をついた。

「ご飯に入っている梅、私が漬けたんだ。ここにきて、最初にしたのが梅仕事だった」

「おいしいです」と言った。本当にそう思ったし、自然に口にでた。空っぽの胃がオレンジ色で満たされていく様を思うと、冷えていた手足がだんだんと温まっていった。

食べ終えると、高村さんはもう一杯ほうじ茶を淹れてくれた。茶をすすりながら胡瓜の漬物をつまんで、またばあちゃん家を思いだした。いつも渋い茶と一緒に漬物をだしてくれた。

高村さんは黙ったままほうじ茶をゆっくり飲むと、すっと格子の方へ視線をやった。日が昇ったのか、もう格子の隙間から光は差し込んでなく、家の中は昼間だというのに薄暗い。ほとんど外など見えないのに、空を仰ぎ見るように言う。

「夕方から降るみたいだよ」

もう帰れ、ということなのだろう。仕事に戻りたいのかもしれない。炊きたてのあけぼのご飯を高村さんはひとくちも食べなかった。俺がもうお代わりをしないのを見て取ると、さっさと土鍋を台所へ持っていってしまった。

湯呑みを置き、「お邪魔しました」と立ちあがる。

しわくちゃのシャツの上にジャケットをはおる。ズボンの皺《しわ》はもう仕方ない。

「今度、お礼させてください」

頭を下げると、「人参もらったし」と手を振られた。

「そんなもんで宿代になるのなら、いくらでも持ってきますよ」

勇気をだして軽口を叩《たた》いてみる。ほんの少しの探りを混ぜながら。高村さんは口元に微笑みを浮かべたまま黙っていた。「いらない」とは言わない。そんなかすかな手応えがなんだか楽しかった。

土間で靴を履いていると、「これ」と黒白のギンガムチェックの布で包まれたものを手渡される。ずしりと重い。

「おにぎりにしたし、良かったら」

ちょっと言葉に詰まる。

「めちゃくちゃ嬉しいです」

重みを手に馴染《なじ》ませてから鞄にしまった。「じゃあ、また」とドアが閉まる。

外は驚くくらい眩しかった。家々の庭木の緑が鮮やかだ。新鮮な風を頬に感じながら歩きだす。袖の辺りを嗅いでみると、かすかに古い家の匂いがした。

鞄の中でごつごつ硬かった人参が、柔らかな温かいふくらみに変わっていた。

わざと傘を忘れて帰った。高村さんも何も言わなかった。

ミックスサンド

首をまわしがてらコンクリートむきだしの高い天井を見あげる。無機質な白い照明に目がくらむ。滑車やクレーンがぶら下がり、いつ見ても工場のようだと思う。あたしたちも汚れたつなぎにゴム長靴姿で作業員にしか見えない。けれど、解体しているのは金属でも機械でもなく、偶蹄《ぐうてい》類の大型草食動物だ。重油の代わりに、臓物と脂《あぶら》と獣の臭いが充満し、作業服は血と組織液で黒ずんでいる。

壁の時計に目を走らす。剝皮《はくひ》から四時間、淡褐色《たんかっしょく》に黒いラインの入ったオリックスは百七十キロの肉塊と化していた。死因は老衰だったが、動物園で大事にされてきたのか毛並みは良かった。夜の八時過ぎに息を引き取り、この解剖室に運んできたのが十時、堀《ほり》教授が受け入れを決めた瞬間から、研究室に残っていた者全員が自分の研究を中断してこのオリックスにかかりっきりになっている。

いや、全員ではなかった。「アラビアオリックスじゃないのか」とぼやいた男子学生の姿がいつの間にかない。男子といっても、あたし以外はみんな男性なのだけど。きっと、あの子は続かないだろう。確かにオリックスの骨格標本はすでにあるけれど、種が同じだからといって同じ個体ではないし、得られる情報だって違う。なにより、自分の研究したい生物にしか興味がない人間はこの研究室には向いていない。

オリックスは死後二時間しか経っていなかったので、あたしは新鮮な臓器を狙った。消化管、生殖器、泌尿器《ひにょう》、心臓や肺などを切り取り、ホルマリンに漬けた。死体をそのままにしていたら腐るだけだが、保存しておけば後でゆっくり調べることができる。オリックスの胴体はもうほぼ空っぽだ。腹を裂く前に撫でた、白い毛の感触がよみがえる。白といえば、消化管を包んでいた脂肪と線維からできた大網《だいもう》もきれいだった。ひとつの傷もつけずに取れた大網は、その名の通り大きな網のようだったが、太古の植物の葉脈にも見えた。広げて大きさを測り、見とれた。

解体といっても、ただ切り刻めばいいわけではない。絶対に骨を傷つけないよう刃を入れなくてはいけない。剝皮を終えたら、新しい発見がないか、目と意識を凝らして探っていく解剖になる。宇野《うの》先生は後ろ足を外して大腿骨頭靭帯《だいたいこっとうじんたい》を観察しているし、堀教授は切断したオリックスの頭から眼球をくりぬいたり角の細胞を採取したりしている。一見、シカの仲間のように見えるオリックスだが、ウシ科だ。槍《やり》のようにまっすぐ伸びた二本の角は、シカと違って生え替わることはなく、頭骨から伸びた骨質を皮膚と角質が覆っている。CTかMRIにかけるのかな、と眺めていたら、堀教授が血塗《ちまみ》れの解剖刀を手にふり返った。

「中野《なかの》くん、休憩する？」

この肉塊を学術標本にして保存するには、あと何日もかかる。そうします、と肉片の付着したブレードを置く。喉の渇きでうまく声がでない。

先週ニホンザルを洗ったステンレスの流しで、顔と手を洗う。罠《わな》にかかっていたと猟師から持ち込まれたニホンザルはかなり腐敗が進んでいて、蛆《うじ》を落とすところから作業がはじまった。あれに比べれば、今回はずいぶんましだ。

梅雨《つゆ》が終わればどんどん暑くなる。京都の夏は蒸し風呂だ。腐臭との闘いになる。重い気持ちで、研究棟へ続く薄暗い廊下を歩く。解剖室は大学の裏側の、ひと目につかない場所にある。構内は静まり返り、学生の姿もない。こんな時間に血塗れで活動しているのは、あたしたちと大学病院の救急室くらいだろう。

研究室の冷蔵庫からコンビニのビニール袋を取りだして、別館にある収蔵庫へと向かう。窓に自分の顔がのっぺりと映る。夜明け前の空気は、黒い絵の具で塗りつぶしたように暗い。

渡り廊下へ出ると、濡れた土の匂いがした。雨が降ったのかもしれない。いつだろう、昼間か、夕方か。昨日は一歩も研究棟から出なかったことに気づく。

収蔵庫の裏口のセキュリティをカードキーで解除する。リノリウムの床を進み、骨格標本の部屋の明かりを点《つ》ける。天井まで届くキリンの骨が、蛍光灯の青白い光の中、ぬうっと浮かびあがる。その手前で、ジャングルジムみたいに大きいアジアゾウの骨がじっとこちらを見つめている。貴重なシロサイ、下顎《したあご》の発達したカバ、骨になっても愛嬌《あいきょう》のあるフンボルトペンギン。壁にはずらりと頭骨が並び、部屋を埋め尽くすスチール棚の中には無数の動物たちの骨が眠っている。箱をひとつひっぱりだして、網目の袋の中に入った骨を見つめる。かすかに茶色く変色したカワウソの骨。皮下脂肪の多い動物は脂が残ってこうなってしまう。隣の箱の中にはラッコの太い尺骨《しゃっこつ》が見えた。鼻を近づける。かつおぶしのような匂い。

パイプ椅子に腰かけ、壁にもたれる。ここで飲食をしてはいけないのだけど、ここが一番落ち着く。埃っぽく乾いた空気を吸い込む。骨の静けさが体にしみ込んでくる。

視界がかすかに白っぽくてふわふわする。きっと疲労のせいだけではない。血糖値が下がっているのだろう。

一度、解剖をはじめると空腹も時間も忘れてしまう。けれど、生身の体はそれを許してくれない。紙パックにストローを突っ込み、甘い野菜ジュースを勢いよく吸う。口を離すと、ずごごっという耳障りな音が部屋に響いた。この部屋の骨たちには不似合いな生々しい雑音。三角形のパンを包む透明なフィルムを剝がす。ツナマヨ、ハムチーズ、ハム玉子、それぞれが白くぱさついた耳なしのパンに挟まれている。レタスは要《い》らないのになあ、といつも思う。今、必要なのはカロリーなのに、薄いレタスなんて水分くらいしか摂《と》れない気がする。

ハム玉子サンドイッチの角を咥《くわ》える。アイフォンを太腿の上に置き、画面をスワイプさせた。正和《まさかず》からの、京都で飲んでる、というメッセージで指がとまる。

彼からはよくこういう報告がくる。そもそも報告と捉えていいのか、あたしには意図がよくわからない。遠まわしに誘っているのか、行動を教えて安心させようとしてくれているのか。どちらにしても、あたしが正和の報告に気づくのは、たいがい日付が変わってからだ。

謝るのも変なので、「いいな〜」と軽い感じで返事を送る。既読がつかない。平日の夜三時だ、普通の勤め人は寝ている。そのまともさに安らぐ。

それにしても、サンドイッチは楽だ。片手が空くからアイフォンをいじれる。確か、カードゲームをしている最中に片手でつまめるように考案された軽食だっけ。四角いパンを斜め半分にカットすることで口に入れやすくするなんて合理的。それだけじゃない。パンひとつ取っても工夫だらけだ。臼歯《きゆうし》と消化器官が発達しているオリックスだったら麦の葉や茎だけで生きていけるが、人間はそうはいかない。栄養価の高い実だけを刈り取り、消化吸収しやすいように脱穀して挽《ひ》き、粉を練り発酵させ柔らかく焼きあげる。そうしてやっと麦を食べることができる。動物は食べ物に合わせて体を変えるけれど、ヒトだけは食べ物を加工して自分たちに合わせる。つくづく特殊な種だと、食べ物を見るたび思う。けれど、そんな内容を正和に送ってみてもしょうがない。あたしが言うことはたいてい人を困惑させる。同じ研究室の人たち以外は。

いつからあたしはこうなのだろう。ツナマヨのサンドイッチを口に入れる。混ぜ込まれた刻み玉ねぎがしゃりっとする。

ふっと雨合羽《あまがっぱ》を着たカエルが浮かび、「ジェレミー・フィッシャーどんだ」と声がもれる。小さい頃、イギリスの絵本作家ビアトリクス・ポターの絵本が大好きだった。友だちはピーターラビットやこねこのトムが好きだと言ったけれど、あたしはカエルのジェレミー・フィッシャーどんの話をくり返し読んだ。彼が釣りの途中でお弁当に食べるモンシロチョウのサンドイッチがおいしそうで、母に食べたいと駄々をこねた。

「蝶《ちょう》?」と母は聞き返してきた。「カメのカメハメハ・カメ議長とイモリのアイザック・ニュートン卿《きょう》と食べたバッタの丸焼きでもいいの。テントウムシのソースがかかっているんだって」そう言うあたしに、母は困惑の表情を浮かべながら「華ちゃんは男の子みたいね」とぎこちなく笑った。

母はあたしが昆虫好きなのだと思ったのだろう。昆虫図鑑を与えてくれた。ジェレミー・フィッシャーどんが好きなのだと言うと、爬虫《はちゅう》類図鑑も買ってくれた。カエルは両生類だと知っていたが言えず、図書館に行った。

小学五年生の時、あたしは用水路に浮かんでいたウシガエルの死体を拾った。そして、初めて解剖をした。スケッチを見た母は「華ちゃん、蛙が好きなんじゃないの⁉」と血相を変えた。「大好き」とあたしは答えた。だから、知りたかったの。またも、母は困惑の表情を浮かべて言葉を失った。

そんなことを思いだす。今はこうやって大学の研究室にいるからいいものの、大学に入るまで母はあたしが生き物を殺しやしまいかとひやひやしていたに違いない。あたしにそんな勇気はないのに。

血塗れでオリックスを解体するあたしの姿を見たら、正和は母のような顔をするのだろうか。アイフォンの画面に文字を打つ。

——小さい頃、好きだった絵本なに？

きっと同じではないんだろうな、と思いながら。

あたしのふきだしだけが並ぶＬＩＮＥ画面を眺めていると、急に正和のにおいが懐かしくなった。もうずいぶん会っていない。しめった、やわらかい声で名前を呼んでもらいたい。そう思うと、ぐにゃりと体から力が抜けた。

食べかけのサンドイッチを見つめる。目を凝らす。白いパンの表面に小さな小さな穴が無数にある。気泡みたいだ。なにかに似ている。

ああ、オリックスの中篩骨《ちゅうしこつ》だ。人間の鼻の奥にも篩骨はあるが、オリックスのものは膨大な嗅神経が中を通るため、たくさんの細かい穴が無数にあいて、まるで精巧なレース細工のようだ。真っ白な美しい骨を思い浮かべる。今回もきれいに取りだせるといいな。

最後のサンドイッチを口に押し込みながら立ちあがり、骨格標本室を後にする。食後に標本室で眠ってしまったことが何度もある。あそこで見る夢は好きだけど、今日こそは家に帰ってシャワーを浴びなくては。

オリックスの体液をふくんで重くなった作業服を着なおし解体へと戻る。みんなにも疲労の色が見てとれた。誰から言うともなく片付けに入る。骨を傷つけないように注意深く関節に刃先を入れ、業務用冷蔵庫に入る大きさに切断していく。華奢《きやしや》に見えて筋肉でびっしり覆われた脚を、薪《たきぎ》のようにまとめる。肉と骨の塊を抱えあげ、冷蔵庫に押し込む。ホースで床の血や毛を流している間に、堀教授とオリックスの頭部が消えた。外からかすかに鳥の鳴き声がする。夜が明けたようだ。

眠くてふらふらだったが、研究室へと戻った。今日取ったデータを入力してから帰らなくてはいけない。オリックスでもニホンザルでも提供された死体は、あたしたちだけのものではない。他の学部がそれぞれの研究のために使うこともある。そのためデータは大学で共有し、誰もが見られるようにしている。標本として正式登録すれば、大学の外にも開示される。「どんな死体も人類すべての財産なんだよ」は堀教授の口癖だ。もちろん尊厳や権利があるヒトの死体はその限りではないけど。

パソコンのキーボードを叩いていると、堀教授がやってきた。さっきまであたしのサンドイッチが入っていた冷蔵庫から、シルバーのトレイをいそいそと取りだす。オリックスがやってくる前に解剖していたアズマモグラだった。

まだやるのか。体力も集中力も根気も情熱も、まるで敵《かな》う気がしない。

しばし、堀教授の手元を見つめる。先月コウベモグラをやったところなので違いが気になる。予想通り、野球のグローブのような掌《てのひら》を仔細《しさい》に調べている。先の尖《とが》った細い鋏《はさみ》で筋肉を切り、橈側種子骨《とうそくしゅしこつ》を調べている。他の動物ではとても小さい橈側種子骨だが、モグラの場合は体の割には大きく変形している。

気になるけど、眠気が限界だ。やっぱり胃にものを入れたのが間違いだった。

「いったん帰って寝ます」

声をかける。幻滅はされないだろう。ここでは誰もが自分の研究にしか興味がない。くるり、と堀教授がふり向く。その鼻に目がいく。両の穴からタワシのような剛毛がはみだしている。

どうして、どんな極小の骨も見逃さない観察眼が、自らの顔には発揮されないのだろう。それとも、わざと鼻毛を見せているのか。奥さんはなにも言わないのかな、諦《あきら》めているのかな。そうだ、三年ほど前に離婚したんだった。

堀教授の鼻毛が、あたしの女性としての自我を呼びおこす。あと二年で三十歳、若い雌《めす》としての意識を持ったほうがいいんじゃないか。たまには、お洒落《しゃれ》して化粧して正和に会いに行こうかな。でも彼の住む大阪はあたしには遠い。ぐるぐる考えていると、堀教授の懇願するような目と視線が合った。

「夜までに戻りますから」

ため息を飲み込んで言う。また死体がくるのだろう。堀教授はどんな死体も受け入れる。が、人手は限られている。研究者とはいえ、まだ博士号を取っていないあたしたちは、学生と同じただの労働力としか見なされていない気がする。早く科学者として認められたい。

ごちゃごちゃと自転車が突っ込まれた構内の自転車置き場から自分のロードバイクをひっぱりだす。疲れた目が洗われるような鮮やかな青い車体。風は土と若い植物の香りがして心地好《よ》い。薄曇りの空の下、両手をあげて伸びをする。徹夜明けにはちょうどいい天気だ。

アイフォンを見ると、正和からのメッセージが届いていた。一時間ほど前。

——やってしまった、二日酔い。今から帰る。

え、と思わず声をだしてしまう。まだ京都にいるんだ。メッセージを返すが既読にならない。まどろっこしくなり電話をかける。でない。仕方なく、ロードバイクをこぎはじめる。

鴨川沿いのひらけた道をぐんぐん飛ばす。だんだん気分がすっきりしてきたところで、ポケットから着信の振動が伝わってきた。反射的にブレーキを握る。

「いま自転車、帰ってるとこ」

でるなり言うと、一瞬言葉につまった気配がした。

「あ、ごめん」と切ろうとする。なにがしたいのか。「京都にいるんじゃないの」と声がつい尖ってしまう。

「うん、そう、もうすぐ駅だけど」

「仕事、間に合うの？」

「今日、代休だから」

どうして早く言ってくれないんだろう。知ったからといって合わせられる確証もないくせに軽くむっとする。察したのか、「こんなに飲むつもりなかったんだけどね」と正和がとりつくろうように笑う。「終電逃しちゃってさ」

「誰と飲んでいたの?」

「あー先輩」

「先輩?」

「昔のバイト先の」

そんな話は聞いたことがない。「へえ」と答えると会話が途切れた。車が行き交う。ロードバイクで走っている時は感じなかったが、車に抜かれるたびに排気ガス臭い風にあおられる。

「うち、こない?」

ぼそりと、つぶやいていた。髪も体も血なまぐさいから、本当はお風呂に入って化粧してからじゃないと会いたくない。部屋だってぐちゃぐちゃだ。行くと言われたら困るくせに、引くに引けなくなって「おいでよ、もうあとちょっとだし」とわざと明るい調子で言う。

「うーん……」と正和が低い声をだす。「俺、シャワー浴びてないし」

あたしは二晩浴びてない。あんたより絶対に汚い自信がある。けど、そんなことを言うわけにもいかない。「そっか」と言いつつ、ほっとする。

「昨日どこにいたの?」

「漫画喫茶」

マンキッでいいのに。略さないところが、なんかあやしい。

「マンキッってシャワーなかったっけ？」

「酔っぱらって寝ちゃったんだよ」

本当かな、と思う。なんだか正和も人には嗅がれたくないにおいをまとわせている気がした。血のにおいを隠そうとするあたしみたいに。

「お茶くらいする？」

黙っていると、正和がなだめるように言った。

「いい。あたし、ラーメン行くから」

「ラーメン？　徹夜明けに？」

「うん」

「若いねー」と、三つしか違わない正和が大人ぶる。

若いとかじゃなくて、ぱっと食べてすぐに出られるし、カロリーが高いから。なにより獣と血の臭いがしみついたどろどろの体で入れる店は限られている。もちろん言わずに笑ってごまかす。

「じゃあ、おやすみ」

通話を切ると、ロードバイクの向きを変えた。

昼間の光がちょっとだけ名残惜しくなり、鴨川の上の広い空を肩越しに眺める。トビらしき大型の鳥が数羽、ゆったりと旋回《せんかい》していた。いつかあの鳥たちもあたしのもとへやってくるだろうか。きてくれたら、いいな。

アイフォンが震える。正和からのメッセージだろう。後でラーメンの画像でも送っておけばいいや、と片脚を大きくあげてサドルにまたがった。

Fresh!
SANDWICH
ミックスサンド

丸キャベツ

おはようおじさんの声で目覚める日は晴れ。

おじさんと呼んでいるのはちょっとした気遣いだ。「おはようさん」「おはようさん」と聞こえる脂気の抜けた声はお爺《じい》さんそのものだから。

小学生たちの高い声がそれにぴちぴちと応じる。小鳥の群れのようだ。

薄く目をあけて、古い家の匂いを吸い込む。朝の透明な光がカーテンを透かして八畳の部屋を満たしている。横たわったまま眼鏡をかけると、低い天井のあちこちに黒ずんだ染みのようなものが見えた。梅雨に入ったせいだろうか。雨漏りが心配だ。二階はこの部屋と、ちょっと広めの踊り場、そして奥に、客用にしている空き部屋がひとつある。そろそろ黴や虫の対策をしなくてはいけない。

ぼんやり天井を見つめている間も、外では「おはようさん」「おはようございまーす」と朝の挨拶が響きわたる。

家の前が通学路になっているので、平日は朝寝ができない。特に晴れた日は交通整理ボランティアの人がやけに張りきって声かけをしている。声しか知らない彼を、私はおはようおじさんと呼んでいるが、平日の朝っぱらから人のためになにかしようと思うなんて退職老人に違いない。退職金や年金が多い世代は優雅で羨《うらや》ましい。あと数年で四十、少しずつ老後のことを考えていかないと。自分の面倒は自分しかみてくれないのだから。

それでも、自分のことだけ考えられるのは幸運だと、親の介護をしている友人には言われる。翻訳家の父はまだ仕事をしていて、母は海外旅行が趣味だ。「老後のことは心配いらないから」と、数年前にぴしゃりと言われた。独り身の娘がよほど頼りないのだろう。なぜ結婚しないと家族からも信用されないのか。

尿意と焦燥《しょうそう》がごっちゃになった居心地の悪さに耐えられなくなり、ベッドから起きあがる。働かなくては。姿見に映った自分の姿が目に入った。乱れた髪を手ぐしで整える。

ふと、伊東くんを思いだす。ぼさぼさの髪を撫でつけて床に両膝を揃《そろ》えた彼の姿を。

あのとき、ばつが悪そうに「おはようございます」と言う彼に「おはよう」と答えながら、誰かと朝の挨拶を交わしたのはいつ以来だろう、と思った。

それがなんだというのか。髪をヘアゴムでまとめる。こうやって、いつもの日常とは違うことを思いだしたり考えたりするのはわずらわしい。

カーテンを開けると、通りに面した窓を開放した。窓枠からぱらぱらと埃が散る。排気ガスが入るのが嫌なので、ここの窓はめったに開けない。隙間だらけの町家は窓を開けなくても通気性は充分だ。

黄色い帽子とランドセルの一群が歩道を弾むように進んでいく。その向こうに黄色い旗を手にした男性がいた。鼠《ねずみ》色のズボンをはいて、上着もそれをちょっと淡くしたような色で、髪も灰色。全体的にくすんでいる中で、黄色い腕章と旗だけがくっきりと浮いていた。小学生たちにひっきりなしに声をかけている。行き交う車の音が、寝起きの頭に響く。外の光も眩しすぎて、すぐに窓を閉めた。

吹き抜けになっている細い階段を降りる。一歩ごとに木の段がぎしぎしと鳴った。

一階は薄暗く、ひんやりとしていた。寝る前にソファで読んでいた雑誌がクッションの上にそのままのかたちで置いてある。誰も乱さない暮らし。音は空へとあがるのか、通りの喧騒は二階のほうがよく伝わる。一階の、この奥まった静けさが好きだ。

ローテーブルに目をやり、ぎょっとした。生首のようなものが黒い影になっている。すぐにキャベツだと気づく。まるまると肥えたキャベツが大皿の上にのっている。忘れた傘を取りにきた伊東くんが持ってきたものだ。一瞬、スイカかと思うくらい大きなキャベツだった。冷蔵庫に入らず、自分がそこに置いたのに、すっかり忘れていた。

やれやれとソファに座り、台所の天窓から差す光の筋を眺める。雑誌表面のつるつるした上質な塗工紙の感触を指先でなぞりながら、今日の仕事の段取りを考える。

それから、コーヒーを淹れるために立ちあがった。先に米を洗おうとして、背後のオブジェと化した緑の塊を思いだす。今夜は外食だから、昼に少しでもキャベツを使って、冷蔵庫に入れられるようにしなくては。自分で買っていない食材は忘れやすい。そして、一人暮らしにとって予定外の食材は、消費しなきゃいけないという義務の味が付加されてしまう。それが、どんな好物でも。

しばらくはキャベツ生活が続くだろう。いつも通り、塩むすびが食べたかったのに。つい、小さなため息をもらしてしまった。

しわひとつないテーブルクロスの上に、真っ白な皿が置かれた。

皿の中央できれいにとぐろを巻いている細めのスパゲッティを見て、「あ」と声がでてしまう。ワイングラスを手にした本庄《ほんじょう》さんが目で「どうした」と言ってくる。

「昼、パスタにしちゃって」

「ああ」と本庄さんがワイングラスを置く。「替えてもらおうか？」口調は優しいが自分はもうフォークを手に取っている。まるで、イタリアンなんだからパスタがでることはわかっていただろうと言わんばかりに。ああ、こういう人だったなあ、と思いだす。

「いいえ、大丈夫です」

そう答えざるを得ない。本庄さんは夜にイタリアンの予約があったら、昼はパスタなんか絶対に食べない用意周到な人間だし、他の人間も当然のようにそういう配慮はできると信じている。できないんだったら黙って食べろ、くらいは内心思っている可能性もある。

ただ、私がやんわりと責めたいのは、今夜の食事がアラカルトではなくコースだったところだ。そして、そのコースも本庄さんが勝手に選んでしまったこと。

パスタだってショートからロング、平麺などいろいろな種類がある。ソースだって具材だって様々だ。アラカルトだったら違うものを選べたのに、春キャベツ、オイルベース、スパゲッティと完全にかぶっている。

フォークの先でスパゲッティをくるくるする本庄さんを見つめる。抑えた照明の下でも老いは隠せない。皮膚は明らかにたるみ、昔より腹もでた気がする。けれど、しぐさは変わらない。そして、店もメニューもワインも男性がセレクトするのがスマートだと思い込んでいる前時代的な価値観も。

昼はアンチョビとキャベツ、今はホタルイカとキャベツ。もちろんプロが作っているので味は比べようもないのだけれど、既視感は拭《ぬぐ》えない。この店にしてもそうだ。町家を改装した創作イタリアン。祇園という場所にふさわしく洗練され、かしこまったソムリエもいるが、どうしても自分の住んでいる家を彷彿《ほうふつ》とさせる。

機械的にパスタを口に運びながら、キャベツのことを考えた。

昨夜、「やっぱり入らない」と冷蔵庫の前でしゃがむ私の後ろで、伊東くんが「うわ、すごい肉！」と歓声をあげた。冷蔵庫の中の、豚の肩ロース肉の塊を見つめている。キャベツの半分くらいしかないけれど、そんなに大きくもない冷蔵庫の場所をそれなりに取っていた。

「肉は塊で買うの。知り合いの店に頼んで業者から卸してもらってるから安いよ」

「一人なのに？」

まだ若い伊東くんは悪びれることもなく「一人」という単語を強調する。四十手前の独身女性にはそれなりに響く言葉なのだけど。迂闊な子には見えないので、私にはそこそこ気を許してしまっているのかもしれない。

「一人だから。挽肉とか買ったらその日中に食べなきゃいけないけれど、塊肉は保《も》つから必要な分を使えばいいし」

「ミンチの機械とかあるんですか？」

「ううん、こうやって包丁二本持ってばかばか叩くの」

両手で交互に包丁をふりおろす真似《まね》をすると、「楽しそうですね」と伊東くんが笑った。

「餃子《ギョーザ》とか作ると肉感があっていいよ。ストレス発散にもなるしね。豚肩は唐揚げにしてもおいしいし、もう少し保たせたかったら塩豚にする」

「塩豚？　このままでですか」

「うん。塊のままで作って、好きな厚さにスライスして食べるの」

「うまそうですね」

伊東くんが唾《つば》を飲み込んだのがわかった。けれど、食べにくる？とは訊かなかった。代わりに「そろそろ作ろうかなあ」とつぶやいた。

やっとパスタを食べ終えると、濃い緑のリゾットがでてきた。ジェノベーゼで味つけされ、筍《たけのこ》と松の実が入っている。爽やかな風味とコクが美味《おい》しい。紫色の小さな花が散っていてきれいだ。ただ、少量ずつとはいえ炭水化物が二皿続くのはしんどい。最初にでてきたホワイトアスパラガスのスープや山菜のサラダ、白身魚のカルパッチョなどは食べやすかった。この後に魚料理と肉料理が続くと思うと、ぐっと胃が重くなる。もうこの歳になると、イタリアンで酒が進むのは前菜までだ。

思えば、ここ数年はコース料理の店にほとんど行っていない。コース料理は用途が限定される。一人では難しいし、同年代の友人たちは家族持ちばかりになり昼間に会うことが増えた。そもそも同性でコース料理を選ぶことも少ない。恋人との記念日や格式ばった会食くらいか。本庄さんはそのどちらの用途もまだ存分に活用する機会があるのだろう。

でも、とふと思う。伊東くんだったら一皿ごとに喜びの声をあげる料理も季節の食材も、この人は静かに口に運んでいる。昔はそこを大人だと思っていたのだけど、いまはなんとなく物足りなさを感じた。

昔と変わらず、本庄さんはデザートを断りチーズを頼んだ。赤のグラスワインを追加する。苺《いちご》のティラミスを選んでしまった自分が子どもっぽく思えて、すこし恥ずかしくなる。

「せっかく独立するんなら東京でしたら良かったのに」

エスプレッソを飲みながら本庄さんは軽い調子で言った。大学の頃から住み慣れた京都に戻ってしまったことを、意気地がないと非難されているような気がした。

そうしてまたあなたの愛人に戻るの？

喉元まででかかった皮肉を、カモミールティーをひとくち口にふくんで飲み込む。「知り合いが多いから」と微笑みを作る。「いま住んでいる家も紹介してもらったし。町家保存の活動もしている建築事務所でね……」

私たちに別れの言葉はなかった。関係が行きづまってくると、彼はすっと距離を置く。そして、仕事にかこつけてまたひょっこりと接点を持つ。そのくり返しだ。

「へえ」と本庄さんがデミタスカップをソーサーに置く。

「まあ、繫がりは大事だね。でも、挑戦するのも悪くないよ」

そうだろうか。「今よりもっと」を望むことが野心や向上心だと言われがちだけれど、「今を維持する」ことですら私にとっては大変なことだ。もう自分のことはよくわかっている。持っているものを大切にしていく道を選んだはずだ。

そう、選んだ。そして、自分で選びたい。もう、なにを頼んだらいいか迷う小娘じゃないから、小さなカウンターの店で好きなものを好きなだけ食べたい。

ねえ、本庄さん、私はもう一人で立っているんですよ。

二人分の会計を当たり前のようにカードで支払う本庄さんを見つめてみたが、儀礼的な笑みを返されただけだった。平行線の話題はとりあえずうやむやにしてしまう、この和やかな笑顔も変わらない。


店をでると、雨が降っていた。雨の中、女性を歩かせるような人ではないので、ほっとする。きっと二軒目のバーには誘われない。

案の定、本庄さんは店員にタクシーを頼んだ。「乗っていくよね？」とふり返る。

一緒に乗ったら、きっと彼の宿泊するホテルに連れていかれるだろう。「二台でお願いします」と本庄さんを見ないようにして声をあげる。

「すみません、仕事が残っているので」

そう言って、先にきたタクシーに駆け足で乗り込んだ。「フリーランスは大変だな。しっかりやるんだよ」と、余裕ありげな声で送られた。ドアが閉まる間際、すべり込むように「また連絡する」と言われたが、聞こえなかったふりをした。

色とりどりの濡れたネオンの中を、車はのろのろと進んでいく。「一方通行ですから」と弁解するように言う運転手に軽く相槌を打つと、シートに身を預けた。ハンドバッグに雨水がついていたが、ハンカチをだすのが面倒でそのままにした。

会うと疲れるのに、どうして誘われると応じてしまうのか。嫌悪感で身体が重くなる。これは仕事だ、と自分に言い聞かす。大手の広告代理店に勤めている人なのだから、会っておいて損はない。仕事をくれるかもしれないのだから。どんな関係でもうまく利用しなくては。

そう納得しているのに、倦怠感《けんたい》が消えない。

家に着くと、ストッキングも脱がずに台所に立った。冷蔵庫からだした豚肉の塊は、蛍光灯の下で目を刺すように鮮やかだ。生肉の濡れたような光沢が艶《なま》めかしい。手を爪の間から手首まで丁寧に洗う。粗塩をたっぷりと手に取り、冷たい生肉にこすりつけていく。

ぎゅうぎゅうと揉むようにしてすり込む。

しばらく無心で手を動かしていると、もやもやした気持ちがいくぶんすっきりした。ラップで二重にくるみ、バットに入れ、冷蔵庫にしまう。あとは、肉に塩がゆっくりゆっくり浸み込んでいくのを待つだけ。ところどころ赤くなった手をさすっていると、玄関の前に人影が見えた。

すっと背筋が冷たくなる。人影は郵便受けを開けようとしているようだ。薄い壁ががたんがたんと音をたてる。もう十時を過ぎている。回覧板のはずはない。

足音を忍ばせて居間へと移動する。携帯を掴んだ途端、メッセージの着信をつげる電子音が鳴り、携帯を落としそうになる。

破裂しそうな心臓をなだめて携帯を見ると、伊東くんからだった。いま、おうちの前にいるのですが……、と書かれている。なんだよ、と声をだしそうになった。

おそるおそる土間に降り、ドアを開ける。雨の匂いと音がどっと押し寄せて、暗がりの中、傘をさした伊東くんが携帯を片手に文字を打ち込んでいた。「あっ」と顔をあげる。

「ここ、インターホンとかないんですね」

「ないよ」と身を引きながら答える。驚きが伝わったのか、「あの、いきなり、すみません」と伊東くんも一歩下がる。

「ええと、高村さんが言っていた塩昆布を見つけたので」

「塩昆布？」

「ほら、昨日キャベツ渡したときに切らしているって言ってたじゃないですか。デパートでしか買えない、おいしいやつ」

　首を傾げかけて、思いだした。確かに、言った。あまりに大きなキャベツだったので、即席漬けでも作って伊東くんに持たせてあげようと思ったのだが、お気に入りの塩昆布をちょうど切らしていた。京都の料亭が作っているもので、市販の塩昆布よりずっと高いのだが、一度食べたらやめられなくなったと話した。

「これですよね」と、伊東くんが紙袋から四角い木箱を取りだす。季節の植物が描かれた掛け紙が見える。うなずくと、「どうぞ」と手渡された。

　わざわざこんな遅くに、と言いかけて、今日が金曜だと気づく。伊東くんからはかすかにアルコールの匂いがする。誰かと会っていた帰りなのかもしれない。

「そんな、もらってばかりで悪いよ」

「いいんです、野菜つかってくれると助かりますし」

「いや、でも」と慌てると、「ありがとうって言ってください」とにっこり言われた。「嬉しいので」

「ありがとう」

ぎこちなく言う。「どういたしまして」と答える伊東くんの左肩が濡れている。その後ろをワゴン車が水しぶきをあげて通っていく。

「雨が」と促すと、伊東くんは素直に家の中に入ってきた。土間の裸電球の下で「あれ」と私の全身を見る。「でかけてたんですか？」

「ああ、仕事がらみで」

言葉が続かなかったので「ちょっと飲み足りないから、一杯だけどう？」と誘ってみる。

「ありがたくいただきます」

伊東くんはいそいそと土間の壁に傘をたてかけ、あがりかまちに腰を下ろして靴を脱ぎはじめる。「そういえば、あれどうなりました、豚肉の塊」と奥の台所を覗き込むようなしぐさをした。

「それが目当てか」と言うと、まんざらでもない顔をした。先に中へ入り、仕事部屋の棚からタオルを取ってきて渡す。

「塩豚、作ったけど」

伊東くんが顔をあげ、あからさまに目を輝かす。

「でも、まだ駄目だよ。二晩くらい寝かさないと」

がっくりした顔の伊東くんに背中を向けて台所へ向かう。居間のローテーブルの上に置いたままにしていたキャベツを持っていく。やかんをコンロにかけてから、キャベツの大きな葉を一枚ずつはがす。外側のかたい葉は昼に炒めてパスタにしたので、淡い緑のみずみずしい葉ばかりになっている。手でばりっと裂いて口に入れる。朝露を食べているように甘い。

一口大にちぎったキャベツに沸騰した湯をかけ、すぐ冷水で流して絞る。塩昆布と一緒に揉む。千切りにした生姜も加える。手を動かしながら、さっきから揉んでばかりいるな、と可笑《おか》しくなってくる。

ガラスコップに日本酒をそそぎ、「肉の塊もいいけど、緑の塊もいいよ」と塩昆布キャベツをそえてだす。

町家は夜になると地面から冷えがのぼってくる。仕事机の下から足元ヒーターを持ってきてつけた。伊東くんがソファに座っていたので、ラグの上にクッションを置いて膝を抱えた。

なんとなく「乾杯」とグラスを合わせる。

「塩昆布うまっ」

「でしょう」

ああ、いい音が部屋に響く。

「これはくせになりますね」

ああ、いい顔だな、と日本酒をすすりながら思う。ぱりぱりと心地好い音が部屋に響く。

雨が降る晩は海の底にいるみたいな気分になる。

「昔、キャベツを丸ごと食べる邦画ありませんでした?」

「あったね、懐かしい。ミュージシャンがでてるやつでしょう」

「そうです、そうです。丸茹でして、フォークとナイフでこうやって」

「蒸さないと難しいと思うなあ」

話しながら夢中でキャベツを食べる伊東くんを眺めた。腹の底が日本酒でじんわりと温まっていく。一日の終わりに言葉を交わすのが本庄さんでなくて良かった。「おいしい」を共有できる人で良かった。

終電の時間が迫ってきたのか、伊東くんがちらりと自分の携帯を見た。

「ねえ」と膝を抱えたまま言う。「塩豚、食べたい?」

うなずくことがわかっているのに訊いた。案の定、「食べたいです」と聞こえてきた。

「じゃあ、できたら連絡するね」

キャベツと塩昆布のお礼に。そうつけ足すのは忘れなかった。

パクチーとひつじ

——マレーバクが着た！

時間を確認しようとスマホを取りだしたら、画面に通知の文字が浮かんでいた。文面だけで華からだとわかる。動物の名は決して打ち間違えないのに、小学生でも読める漢字の変換ミスをする。マレーバクのせいで気がそぞろなのが見え見えだ。

案の定、次々に謝罪のメッセージが並んでいく。

——ごめん、今夜は無理かも

——何時までかかるかわからないから……

——マレーバクは抜けられない

——ほんとごめ

で、メッセージが途絶える。「ん」がないことに華が気付くのは何時間後だろう。仕事なのだから仕方ないとしても、せめてマレーバクの前に謝ってくれたらいいのに。

思わず溜息《ためいき》がもれ、洗浄機の前にいた若者がちらっと振り返った。耳で銀色のピアスが光る。首が細く、肌もつるつるとして、まだ十代にしか見えない。

「すんません、シェフまだ手が離せないみたいで」

申し訳なさそうに小声で言ってくる。ランチタイムのイタリアンレストランの厨房は嵐のような忙しさで、俺を気にしてくれるのはまだ皿洗いしかできない下っ端の彼だけだ。

裏口を入ったところで、もう二十分も待たされている。というか、放置されている。でも、殺気だった空気に声をかけられずにいた。フライパンで油が爆《は》ぜ、皿がぶつかり合い、大声で指示が飛ぶ。この店の料理人たちは男ばかりで気が荒い。トマトソースと油とニンニクの匂いが混ざった蒸気が押し寄せてくるたびに胃がひりひりした。

「預かっときましょうか？」

立ち尽くす俺を見かねたのか、若者がおずおずと声をかけてくれる。骨つき生ハムを武器のような長いナイフで削《そ》いでいた男性が、無駄口を叩くなというようにぎろりと睨《にら》みつけてくる。若者が怒られる前に慌てて頭を下げる。

「申し訳ありません、あの、お電話をいただいたのですが……」

「あーちょっといま誰も手が離せないんで、そこ置いておいてください」

ランチタイムに来るなんて非常識だと言わんばかりのぞんざいな口調だった。「そこ」

がどこを指すのかもわからない。調理機器の並ぶラック、食器棚、冷蔵庫、調理台、何の上に置いても怒られそうだし、床に置いたら蹴り飛ばされそうだ。

紙ナプキンを変えたいからサンプルを持ってきてくれ、とオーナーである料理長から電話があり、急いで向かったらランチタイム戦場まっただなかだった。この店がランチをはじめたことは知らなかったので、驚いて動けなくなってしまった。完全にリサーチ不足だ。「営業は足が命」と先輩に言われたことを思いだす。契約をもらっている店には用がなくても定期的に顔をだせ、といつも注意されていたのに。

「で、出直します！」

叫んだが、誰も返事はくれなかった。最初からそうしていれば良かった。営業に異動になって二年、どうも向いてない気がずっとしている。忙しい厨房を前にすると萎縮してしまい、臨機応変に動けない。

裏口から外へ出ると、水溜《たま》りに足を突っ込んだ。重い空から糸のように細い雨が降り続いている。下水の臭いがもったりと絡みついてくる。厨房からもれる活気のある音に背を向けて路地を走り、にぎやかなアーケード街に入るとスマホを見た。

華へ短い返信を送る。

――気にしないで。また連絡する。

やはり既読はつかない。

いつものことだと思いながらも気持ちが晴れない。華は大学で動物の研究をしており、動物園などから生き物が運び込まれると、どんな時間でも駆けつけなくてはいけないそうだ。そうなると、半日くらいは連絡が途絶える。

今まで何度となくドタキャンされた。広島に行った時は、「アミメキリンが……」と宮《みや》島《じま》へ渡るフェリーの前で華がきびすを返してしまい、俺は一人で鹿とたわむれ土産を買った。温泉旅行の途中で電話が鳴り、「コビトカバ⁉」と叫んで帰ってしまったこともある。去年のクリスマスは二人分のコース料理を一人で片付けねばならなかった。もう華とは予約しなくてはいけない店には行かないようにしている。華はいつも必死で謝るが、電話が鳴ると心はもう大学へと飛んでいるように見える。

歩きながら「マレーバク」を検索してみる。アジアに分布している唯一のバクの仲間で……といった興味のわかない説明を読む。スクロールすると、白と黒のできそこないのパンダみたいな生き物の写真があった。微妙な感じで鼻が長く、間抜けな顔をしている。こんな動物に負けたのかと思うと、少し腹立たしい。けれど、絶滅危《き》惧《ぐ》種という赤い文字を見つけ苛《いら》立《だ》ちがしぼむ。

代わりのきく営業職の自分より、希少な動物の方が華の興味をひくのかもしれない。華の仕事はきっと誰にでもできるような仕事じゃないのだろう。だから、ことあるごとに呼び出しがあるのだろうし、絶滅危惧種の命を救うなんて普通ではなかなかない達成感のある仕事だと思う。こうやって新しい動物の名を知るたびに、敗北感と疎外感の混じった苦い気分になる。

けたたましい笑い声が響き、デパートの紙袋を持った中年女性の一群が横を通る。そのうちの一人の傘が脚にぶつかり水滴が散った。「つめたっ」と呟いたが、お喋りに夢中で気付きもしない。

何度目かわからない溜息をつき、ふと、違和感を覚えた。そもそも華は獣医なのだろうか。勝手にドクターコールのようなものだと思っていたが、動物の研究者って治療もするものなのか。呼び出しがあった後、その動物がどうなったかは聞いたことがない。そもそも華はあまり自分のことを話さない。

はじめて会った時からそうだった。二年前、大学の頃の友人に誘われたコンパのような飲み会で、華は遅れてやってきた。小柄で、可愛い感じのワンピースを着ていた。まわりの子たちよりずっと若く見え、大学生みたいな無防備さがあった。「なに頼む？」とメニューを渡すと、飲み物のつもりで訊いたのに「肉」と言ったので面食らった。華は小首を傾げて、「肉、食べたいです」と繰り返した。きっぱりと食欲を口にされて、妙にどきどきした。「いきなり肉?」とみんなが笑っても、「お腹すいちゃって」と口元だけで笑みを作って平然としていた。それから、じっとメニューの写真を見つめた。

華はたいてい違うところを見ている。

一緒にいて、見ているところは同じでも、どこか違うものを見ていて、それが何かはわからないが違うということだけは伝わってくる。

けれど、俺がそう思っていることは華には伝わっていない気がする。

知りたいことも知らないこともたくさんあって、もっといろいろ突っ込んで訊くべきなのに、どうも躊躇《ちゅうちょ》してしまう。最初の頃、大学にいると聞き、付き合うまで事務職だと思い込んでいたくらいだ。どうして「マレーバクは抜けられない」のか、訊きたいのに訊けない。華にうんざりした顔をされるのが怖いのかもしれない。年上ぶって物分かりの良いふりをするのが、もう癖になってしまっている。

正直、こうも会えないと、付き合っているのかどうかすらわからなくなってくる。でも、華は平然としている。なんか俺ばっかり。つい湿っぽい感傷に囚《とら》われる。

「あー」と声がもれる。

大阪の騒がしい通りでは俺のぼやき声なんて誰の耳にも入らない。ここのところ雨ばかりだから思考がネガティブになるのだろうか。いけない、と思う。

疲れている時の華のように、肉でも食べようかと辺りを見渡し、高村さんの塩豚を思いだす。

透明な煮汁に浸《つ》かった塩豚を、高村さんはむんずと摑み、薄く切って皿に並べてくれた。切り口は薄ピンクで、白い脂が複雑な模様を描いている。「空気に触れるとすぐ色が変わっちゃうんだよ」と、高村さんは塩豚の断面を目を細めて眺め、白ワインを抜いてくれた。よく熟れたアボカドと白いチーズ。塩と黒胡椒《こしょう》を好きなようにかけ、のんびりつまみながらワインを飲んだ。俺用に辛子マヨネーズも作ってくれた。酒がなくなると、「締めにどう？」とインスタントラーメンに余った塩豚と刻んだ葱をのせてだしてくれた。サッポロ一番を半分こ。これくらいがちょうどいい、と高村さんは言った。一人前だと締めには多すぎるのだそう。俺は一人前でも平気なので、そこは肯定せずに「ぼくも塩派です」と言うと、「やっぱり」と笑った。

高村さんとは食の趣味が合う。だから、ついつい高村さんの「ただ古いだけの家」に通ってしまっている。先週はキャベツを片付けるのを手伝ってと言われ、ホットプレートでお好み焼きをした。飲み過ぎて終電を逃してしまい、また泊まってしまった。

泊まっても朝ぎくしゃくしてしまうのは俺だけで、高村さんはさっぱりした顔で「おはよう」と言う。俺のことを男として見ていないし、なんとなく高村さんからは自分を女として見て欲しくないオーラを感じる。でも、誰でも家に入れるような人ではないことはわかるので、自分は許されているのだと優越感がくすぐられる。

とはいえ、寄りかかってくることはない。基本的に彼女は自分の裁量で生きていて、俺が何かを提案しても自分がそう思わなかったらぴしゃりとはねつける。台所に立つ、すっと伸びた背中を見ると、何も期待されていないことにほっとする。

チェーンのとんかつ屋に入ろうとすると、スマホが短く振動した。華かと思い見ると、高村さんからだった。

――今日って忙しい？　水餃子を作ろうと思ってるんだけど。

心が動きかけて、いや、最近あまりに世話になりっぱなしだと自制する。すみません、と打ちかけていると、具は、とメッセージがきた。

――パクチーとひつじ。

反射的に、いきます、と返していた。ＯＫと親指をたてた猫のスタンプが返ってくる。口の中に羊肉のこってりした味が広がり、腹が鳴った。さくっと蕎麦《そば》でもすすって、今日のノルマをまわってしまおうと思った。

雨の町家はいつもより暗い気がする。心なしか畳も湿っぽい。水はけが追いつかないようで、中庭の砂利の隙間も透明な雨水で覆われていた。トイレを済ませて台所のドアを開けると、高村さんが大きな鍋を持ちあげようとするところだった。

「やりますよ」と声をかける。

「ありがとう」

高村さんが鍋つかみと台布巾を渡してくる。来るたびに、まかせてくれることが増えていって、ちょっと嬉しい。

「トイレ大丈夫だった？」

「え」

「下水が古いから雨の日は臭いがあがってくるんだよね」

「ああ」と合点がいく。

「うちの新製品で酵素だかバクテリアだかで臭いを分解する洗剤があるんですよ、今度持ってきますね」

「へえ、そんなのあるんだ」

高村さんが目を丸くする。今日のイタリアンレストランにも提案すれば良かったな、と思う。用がなくても行け、と言われた意味がやっとわかる。何度も通わなくては気付けないことがある。

ぐっと両腕に力を込めて鍋を居間に運ぶ。ローテーブルの上のカセットコンロにそろそろと降ろす。「もうちょっと右」と横から高村さんが覗き込む。「うん、そこ。はい、ありがとう」

ふうっと息を吐いて手を離す。

「一人暮らしなのにずいぶん大きい鍋ですね」

「鍋は大きいほうがいいよ。冷めにくいし。水餃子するならなおさら」

ひとかかえほどもある板を運んでくる。打ち粉をされた板の上に、ふっくりした餃子たちが整然と並んでいる。食べごたえがありそうな厚めの皮、ひだをぎゅっとつぶすような感じで具が包まれている。皮を透かしてうすく緑色が見えた。

「パクチーはタネに練り込んだよ」

「そのタイプははじめてです」

「葉より根や茎が香るから、よく洗って細かく刻んで混ぜてる」

「皮から作ったんですか？」

「うん」と、カセットコンロを点火しながら高村さんが頷く。

「ちまちましたことしたくなっちゃって」

「なんかあったんですか」

台所と居間を行ったり来たりしながら「うーん」と高村さんは曖昧《あいまい》な声をあげる。小鉢に入ったほうれん草の胡麻和えに切り干し大根、箸や取り皿、餃子用の調味料が、とんとんと軽快な音をたてて置かれていく。

「仕事で嫌なこととか、くさくさすることあるじゃない」

「ありますね」

「そういうとき、こうやって餃子作ってちまちま並べるとすっきりするんだよね。皮とタネの量がぴったりだったらもう最高って感じで。あ、これ、いただきます」

俺の差し入れのビールを、いい音をさせて開ける。

「私、たぶん単純作業が好きなんだよね。手を動かしていればいつか必ず終わるっていう安心感がある」

「それは普段がクリエイティブな仕事だからじゃないですか」

俺もビールを手に取った。缶の表面に浮いた水滴がひやりとする。ははっと高村さんは笑い、「そんなんじゃないよ」と言いながら鍋の蓋を開けた。もわっと湯気が広がり、台所との境のガラス戸をわずかに曇らせる。高村さんは慣れた手つきでぽいぽいと餃子を放り込んでいく。すぐさま蓋をして、「伊東くんは聞き上手だね」と頬杖をつく。

「そうですかね」

「言われない？」

「どうですかねえ」

考えるふりをしながら思う。華には訊けないのに高村さんには抵抗なく訊けるのはどうしてなのだろう。

「餃子、楽しみです」

話を逸《そ》らしても高村さんは気を悪くしない。「羊、好きなんだ」と応じてくれる。お互い、深くは踏み込まない。それがわかっているから居心地がいい。

「羊のミンチなんてあるんですね」

「羊肉おいてる肉屋さんに頼めばやってくれるよ」

「パクチーも好きなんですよ」

華は嫌いなパクチー。彼女は複雑な味を好まない。羊も苦手なのか、一度「日本人の舌には羊の肉は合わないんだよ」と言っていた。「羊は乾燥した平野の生き物だから、湿度の高いこの国の家畜じゃない」彼女は時々、人が変わったように論理的なことを言いだす。対抗できる知識のない俺は、「そうなんだ」とか無難な返事で濁して会話を終わらせるだけだ。

「もういいかな」という高村さんの声で我に返る。

茹であがった餃子を交互にすくい、好きな調味料で食べる。高村さんは黒酢で食べるのが好きだと言う。俺はラー油をたっぷりとかけた。ぷりぷりの皮を嚙《か》むと、パクチーの香りが鼻に抜け、熱々の肉汁で口の中がいっぱいになる。羊の独得な獣臭さが香味野菜とよく合う。はふっはふっと口から湯気を吐きながら、しばらく無言で水餃子を口に運んだ。

「なんかむちゃくちゃ暑くなってきました」

シャツの袖をまくり、新しいビールを冷蔵庫へ取りにいく。高村さんの分も取ってきて手渡す。高村さんも頰を上気させ、襟元をつまんでぱたぱたしている。

「生姜たっぷり入れたからね。あと、羊は身体をあっためるんだって」

「汗かきました」

「梅雨って代謝が落ちるから汗かくといいみたいだよ」

「確かにすっきりしますね」

鍋に残った餃子をめいめいの皿に取りわけて、高村さんは新しいスープを足した。また蓋をする。

「第二陣いけるよね？」

「もちろんです」

「最後に、茹でたスープも飲むといいよ。消化にいいんだって」

「いい出汁がでてそうですよね」

「ちょっと羊臭いかもしれないし葱でも刻もうか」

「いいですね。次、黒酢いってみようかな」

「黒胡椒ひいて、ナンプラーも合いそう」

そんなことを言いながら、二人とも足を伸ばした。高村さんは靴下も脱いでしまっている。カセットコンロの青い火がこおおおっと静かな音をたてていた。

「京都いいですよね。陰気な雨も風情があって」

「そうかな、家が黴《か》びないかひやひやするよ」

「この時期、どっかいい物件ありますかね」

高村さんがちょっと口をつぐんだ。ビールをひとくち飲んで、「引っ越すの？」と俺を見る。

「今のアパートが更新なんですよ」

華に話すつもりだったことを口にしている自分がいた。甘えだってわかっている。けれど、言ってみたい気持ちが勝っていた。

高村さんは、ふうん、と口の中で転がすように呟いて、足の指を握ったりひらいたりしていた。

ややあって、「ここ、部屋余っているけど」と言った。天井を見上げる。

「夏は暑くて、冬は寒いし、住みやすい家ではないけどね」

ちらっと台所へ目をやって「ネズミもでるしね」と付け足した。

鍋が白い湯気を吐いていた。ぼこぼこと、地底から響くような鈍い音もさせている。高村さんは気付いていないのか、ずっと自分の裸足《はだし》の指を見つめていた。よく見ると、足の爪は赤く塗られていた。なんとなく高村さんにはそぐわない色に思え、俺はそっと目を逸らした。

フライドチキン

息を吸うだけで、目に見えない水の粒がすこしずつ肺に溜まっていく気がする。植物の多い構内はどこもじめじめしている。ゆっくりと内側から緑に染まっていきそう。そんな非科学的なことを想像してしまう。

研究棟のドアにもたれ、雨どいからしたたる水滴を眺めていた。足元の傘たてにはぎゅうぎゅうにコンビニ傘が詰まっているが、どの傘の骨も折れたり赤く錆《さ》びたりしていて使い物になりそうにない。

パソコンばかり触っている日は、いつまでたっても体が目覚めない感じがする。特にこんな雨の日は。堀教授は東京の大学での講演会に呼ばれていていない。彼がいないと研究室は静かだ。急な受け入れ依頼もない。研究室のみんなは今のうちにと各々の研究データをまとめているが、どことなく活気がない。

あくびがもれる。雨足は強くはないが、止《や》む気配もない。諦めて、建物から建物へと雨をよけて走る。実際にはまったくよけられず、トレーナーに薄灰色の水玉模様ができていく。購買部も食堂も遠い。

声が聞こえたような気がしてふり返ると、蔦《つた》で覆われた農学部校舎の前に茶色いつなぎを着たともちゃんがいた。おいで、と片手であたしを呼んで、くるりと背を向ける。つなぎの背中には白いインクでウシの尻が描かれていた。走って追いつく。

「さすが。この腰角《ようかく》のでっぱりとか、仙腸靭帯《せんちょうじんたい》のくぼみ、リアルだねえ。ウシのお尻って、でこぼこだもんね」

ともちゃんの背中の絵を撫でると、「一晩中、見てたわ」と疲れた声が返ってきた。もともとハスキーな声が老婆みたいになっている。

「出産？」

ばさばさの髪が前後に揺れる。ともちゃん、どれくらい美容院に行っていないんだろう、と思う。

「母子ともに無事？」

「無事じゃなかったら、華のとこにいってる」と、あたしのよれてはいるが雨水しかしみ込んでいないトレーナーをちらっと見た。白衣は裾を血で汚してしまうので着ない。研究室のみんなは高校の頃のジャージを着たりしている。あたしはジョギングスーツか作業着。

堀教授は年中チェックのシャツだ。血が飛んでも目立たないからだと言う。

「うちはどんな死体も大切に扱うよ」

言いながら、ともちゃんの背に描かれたウシの、寛骨《かんこつ》と仙骨でかこまれた骨盤腔《くう》の大きさを想像する。骨でできたトンネル。その産道を通って仔《こ》ウシがでてくる。

「知ってる」

ともちゃんがかすかに笑った。

「華ちゃんとこの教授、ニワトリの骨でも欲しがるもんね。ふつう希少種の生物に興味を持つものなんじゃないの」

「家畜は人間の文化が生んだ生き物だから」

堀教授の言っていたことをそのまま口にした。「遺《のこ》していかなくちゃ」

ともちゃんは軽くうなずいて、ペンキの剝げかけたベンチに座った。中庭の、ぎりぎり雨が当たらない場所にある。横に腰かけると、飼料の匂いとかすかな糞臭がした。畜産学科の子たちからはみんなこの匂いがする。あたしからは血と臓物の臭いがするのかもしれない。

「買いだめしちゃってさ」と、ふくらんだビニール袋を渡してくる。コンビニのおにぎりや菓子パン、チョコレート、ナッツバー、底のほうには個包装されたマドレーヌやパウンドケーキが詰め込まれていた。

「もらったお菓子も入ってるし。あげる」

ともちゃんはつなぎのポケットから栄養ドリンクをだして、ごきゅっと蓋をあけると一気飲みした。頬がこけ、唇は荒れていたが、徹夜明けの高揚した空気がただよっていた。

食料をもらえたのは嬉しかったが、ビニール袋には藁《わら》がついていた。どこに置いていたのだろう。牛舎だろうか。なんとなく、賞味期限を確認してしまう。原材料の欄を見て気づく。

「ニワトリってすごいね。なんにでも入ってる」

ともちゃんはあたしの手のツナマヨおにぎりを見て、「ああ、鶏卵ね」とうなずいた。それからしばらくニワトリの飼育羽数の話をしてくれた。ともちゃんによればニワトリは地球上でもっとも多い家畜だそうだ。

洋菓子の袋をむきながら話を聞いた。甘くておいしいけれど、菓子は練り物だと思う。砂糖、卵、小麦粉、バター、栄養のあるものがなめらかに溶け合い、消化しやすく、すぐにエネルギーになるけれど腹持ちしない。

肉が食べたい。歯ごたえのある肉が。血の味を噛みしめたい。湿度にじわじわと気力を奪われながら思う。

中庭から鈍い水音がした。コンクリートで四方を固められた人工池に丸い波紋ができていた。人工池は濁った深緑色をしていて、たいして深くもなさそうなのに底が見えない。カエルでもいるのだろうか。

ふと、カエルの体表に寄生するカビを思いだす。そのカビに感染すると、カエルは皮膚呼吸ができなくなって衰弱していく。カビに侵されていくってどんな感触だろう。

「カエルツボカビ」

つぶやいていた。「なに」と、ともちゃんがあたしを見る。生き物の感染症に対して反応が早い。

「いや、なんか湿度高くてカビそうで」

「カエルツボカビ症は湿度のせいじゃないよ。日本の両生類は抵抗力を持っているらしいし。それに、人間のカビだったらカンジダ症とかじゃない。でも、カンジダ菌はもともと体にあって抵抗力が落ちたりして発症するものだしね。体より、この時期はエアコンのカビ対策をした方がいいよ。内部で繁殖したりするから。うちも餌《えさ》の穀類で繁殖してカビ毒でたことあって、本当に梅雨は憂鬱だよ」

ともちゃんは冗談の通じないところがある。真面目なのだ。生きた動物に接しているからなのだろうか。

「病原真菌に興味があるの？」と聞かれ、笑いながら首をふる。ふくらはぎに痒《かゆ》みを覚えて掻く。

「蚊？」

「たぶん」

二人同時に人工池のほうを見る。ここは夏場に蚊が大量発生する恐怖ポイントだ。人工池はなにかの観測のために作られたはずだが、ずっと使われないまま放置されている。

「いこっか」

「うん」

腰をあげ、いっこうに弱まらない雨を見あげて、小走りでそれぞれの世界へと戻った。

夕方前に研究室を出た。同じ歳のともちゃんの姿が頭にこびりついていた。四条河原町《しじょうかわらまち》へのバスに乗り、デパートの洗面所で化粧をして、携帯ヘアアイロンで髪も巻いた。歩いていると、異性から声をかけられた。若くてチャラそうな男の子。「すみませーん」と通り過ぎながら、かすかに安堵する。まだ、大丈夫。まだ、普通の女の子に見える。しかも、もうすぐ三十には見えないようだ。

なんとなく勢いにまかせて、目についた夏用のサンダルとワンピースを買ってしまう。

正和はあたしのワンピース姿が好きらしい。女の子らしいと言う。本当は、脱ぎ着しやすいのと、上下のコーディネートを考えなくていいので楽だから、ついついワンピースを選んでしまうのだが、もちろん言わない。

大学を出てすぐに正和にLINEをしたのだが、一向に既読がつかない。ぶらぶらと待つともなく待っていたが、デパートが閉店したので諦めて家に帰った。低気圧のせいか頭が重い。眠ってしまいたかったが、化粧は落とさずに簡単に家の掃除をした。掃除といっても床に散乱したものをクローゼットに押し込んだだけだけど。案の定、正和から電話がかかってきた。

「ごめん、気がつかなかった。もう帰った？」

「うん」と、わざとふくれた声をだす。「お腹へった」

一瞬、電話の向こうが静かになる。水をはねる車の音が聞こえる。ひかえめな雑踏。暗い路地の気配がした。あれ、と思う。

「京都にいるの？」

「あ、うん。ごめん、でも軽く食べちゃって」

誰かと一緒だったのだろうか。一人で外食をしている時にLINEに気づかないはずがない。

「なんか買っていくよ」と正和がとりつくろうように明るい声をだした。「なにがいい？」

「簡単なものでいい」

妙に面白くない気分だった。機嫌を取ろうとしているのが見え見えで鼻白む。

「うーん、たとえば？」

うるさい、と思う。なんでもいいんだって。

「肉かな」と言うと、笑われた。「肉、好きだよね」とすっかり手懐《てなず》けた気でいる。無愛想に電話を切りながらも、洗面所に行ってアイメイクをチェックし、水まわりの汚れをトイレットペーパーで軽く拭いている自分に苛々《いらいら》する。

正和は思ったより早くやってきた。ドアを開けるなり、「はい、肉だよ」と大きなビニール袋を差しだしてくる。「ひさしぶり」と言うと嬉しそうな顔をした。ビニール袋の中は赤と白の模様の紙箱に、茶色い袋が二つ。まだ温かい。フライドチキン特有の油と香辛料の濃い匂いがした。ニワトリかあ、と思う。口にだしてしまったようで、狭い玄関で傘をたたんでいた正和が顔をあげる。コンビニのじゃない、紺色のすっとした傘。正和によく似合っている。濡れたまま傘たてに突っ込んだ自分のコンビニ傘が恥ずかしかった。

「チキン嫌いだった？」

「ううん」と、ワンルームの真ん中の低いテーブルに置く。まわりにクッションを並べる。

「お邪魔します」と正和がやってきて、ビニール袋の中の茶色い袋の片方を玄関横の台所へと持っていった。片手に持っていたコンビニ袋からもなにか取りだして、冷蔵と冷凍の扉を開けたり閉めたりしている。皿を片手に戻ってくる。

「なに」

「あ、コールスロー。冷えていたほうがおいしいし冷蔵庫に入れた」

すぐに食べるのに、と思いながらも言わずに紙箱をあけた。茶色い塊が五つ。衣に覆われていてはっきりとは部位がわからない。かぶりつくと、すぐに歯が骨にぶつかった。口を離し、手で裂き、骨のまわりの肉をしゃぶる。あっという間に手がべとべとになった。

正和が紙ナプキンの束を渡してくる。

唐揚げと違ってわりと骨があるんだな、と肋骨《ろっこつ》を皿に並べていく。骨部分を入れないと見た目を大きく見せられないし、加熱したら肉が縮んでしまうからだろう。

「俺も食べようかな」と、正和が胸肉らしきピースを手に取った。「ひさびさかも」とか言いながら咀嚼《そしゃく》し、半透明の獣の爪のようなものをあたしの皿に置いた。

「ほら、ヤゲン」

え、と声がもれる。「それ胸軟骨でしょ」

「胸なの？」

「そうだよ。あたしのほうはね、肩胛骨《けんこうこつ》、上腕骨《じょうわんこつ》、尺骨、とう骨、ここら辺は肩から腕ね。あと、肋骨、あー脊椎骨《せきついこつ》は衣がべったりできれいにできないなあ。鳥類の鎖骨《さこつ》の、すらっとした曲線が好きなんだよね」

コマーシャルでやっている圧力釜のおかげなのか身離れがいい。でも、骨はすかすかになってしまっているから、骨格標本を作るにはやはり煮るほうがいいのかもしれない。こうやって舌や口や歯で肉を取り除くのってすごく楽だし面白い。部位によって味が違うし、ピンセットや鋏やメスではわからない肉の感触がある。

正和があたしの皿を凝視しているのに気がついた。

「魚をきれいに食べる人はよくいるけど、骨をこんなにきれいに並べる人ってはじめて見たかも……」

褒められている感じではなかった。むしろ、ちょっとひかれている気がする。意地汚く食べ過ぎたのだろうか。紙ナプキンで汚れた口のまわりを拭いていると、正和が慌てたように言った。

「あ、そうだ、アイスも買ってきたよ。ええと、スコーンだっけ、ビスケットだっけ？メープルシロップつけるやつも。華、好きって言ってたよね」と紙袋をあける。

紙で包まれた甘い香りのビスケットを受け取りながら、「ニワトリだらけだね」と話をふった。

「今日の食べ物、ぜんぶニワトリを使ってる。昼ごはんの時も畜産科の子とそんな話していたんだ」

「コールスローは野菜だよ」

「マヨネーズ入ってるでしょう、鶏卵が使われているよ。ラーメンの麺、ハンバーグのつなぎ、揚げ物の衣、アイスクリーム、お菓子、鶏卵の入っていない食品なんか探すのも難しいくらい。ニワトリは地球上でもっとも多い家畜なんだって」

「そうなんだ」と、新しいピースを口に運ぶ正和の手が止まる。

「年間、国内だけでだいたい七億羽のニワトリが食肉として処理されているんだって。採卵鶏の飼育数は二億羽くらい。一羽につき年間三百個は卵を産んでるんだって。すごいよね」

「ほぼ毎日じゃん」

「うん、体重二キロのニワトリが一年で十八キロの卵を作るの。でも産卵能力は年齢にしたがって落ちてしまう。ニワトリって実はけっこう寿命が長くて十五年くらいは生きるんだけど、やっぱりだんだん卵が小さくなってくるから、二年くらいで処理しちゃうみたい」

「処理」

「基本的には廃棄」

喉が渇いてきた。正和はビールしか買ってきていない。お酒を飲んでしまうと呼び出しがあった時に対応できないから困る。

「廃棄って。え、食べないの」

正和はあたしの喉の渇きに気がつかない。アパートの一階の自動販売機でお茶でも買ってきたい。腰が浮く。

「採卵鶏の一部は加工品にするみたいだけど、こういう風には食べないよ」

フライドチキンを指して早口で言うと、驚いた顔の正和と目が合った。

「食肉用のニワトリはまた別の種類。ブロイラーは知っているよね。でも、ブロイラーって品種名じゃないからね。肉用鶏の若鶏たちを指す総称だから。孵化《ふか》してから八週目までには一定の体重に成長するように品種改良されているの。早く出荷できるようにね」

「品種改良」

「うん、もともとニワトリは人間が作った鳥だし。家畜の定義ってね、繁殖を人間が管理している生き物のことだから」

正和が食べかけのフライドチキンを箱に戻した。唾液《だえき》がついているのに。傷《いた》んじゃうじゃないと思って、あたしの皿にもらった。食べる前に飲み物を買ってこようとすると、正和がぽつりと言った。

「華はこういう話をしていてもおいしく食べられるの」

意味がわからなかった。数秒たって責められているのだとわかった。残酷だとでも言いたいのだろうか。

「ねえ、正和」

ゆっくりと言った。

「おいしいよ」

にっこりと笑う。知っても知らなくても味は変わらない。なにも知らず大量消費社会の恩恵を受け、自分の手を汚したことのない人間は傷ついたふりがしたいだけだ。知ろうとすれば簡単に調べられることなのに。あたしは神様じゃない。だから、事実に対して判定はしない。ただ、知っておくだけだ。

でも、知ろうともしないのが普通なのかもしれない。あたしが髪を巻いて化粧をして可愛い服を着ていれば普通の女の子だと思い込む男の子たちのように。本当はなにをしているのか、どんな人間なのか、知らないほうがおいしく、楽しく、関われるのだろう。

箱に残っていたフライドチキンを摑み、黙々と食べた。かすかにたわんだ紙箱には黄ばんだ油の染みが残った。正和はしばらく居心地悪そうにしていたが、あたしが「ごちそうさま」と言うと、「あのさ」とこちらを見た。

「華は誰かと暮らしてみたいとか思わない？」

突拍子もないことを言われた。話が飛びすぎていて、反応が遅れる。

ややあって「無理かなあ」と間の抜けた声がもれた。言ってから正和の言っている「誰か」が自分のことなのだろうとうっすら気づく。でも、あたしは傘すら満足にたためないし、忙しい時は掃除も洗濯もできない、ベッドと玄関の往復のみが数日続く時もある。そんな姿を見られて幻滅されるのは嫌だ。結婚はそのうちしてみたいけれど、結婚前に同棲《どうせい》なんかしたら絶対に駄目になる。

そこまで考えて自分がなにをしたいのかわからなくなった。あたしは正和と結婚したいのだろうか。彼氏がいるという状態が大事なだけで、一緒に生活することなんか考えていなかったのかもしれない。皿に散らばる黒ずんだ骨を見つめた。

重い空気を払拭したくて「ちょっとお茶買ってくる」と立ちあがる。玄関でふり返ると、正和の背中が見えた。肩を落としてビールをすすっている。疲れた中年のような背中に、たいして違わないと思っていた歳の差を感じてしまった。

雨はあがっていた。澄んだ夜気の中、階段を降りる。アイフォンを見ると、ともちゃんからメッセージがきていた。

――比内鶏《ひないどり》の改良種、華のとこの教授に渡しておいたよ。

堀教授、日帰りしたんだ。講演会の後の会食をドタキャンしたに違いない。

部屋を見あげる。ふと、正和からなにか質問してくるのはめずらしいなと思った。

さっき皿に残してきた骨たちはそのままだろうか。部屋に戻ったらあの骨たちをゴミ箱に捨てて、なんとなく正和と仲直りしてセックスでもするのだろう。

そんなことよりも、研究室にある死体が気になった。さっき食べたニワトリは生ゴミにしかならないけど、研究室にあるものは学術資料として生かすことができる肉や骨たちだった。どんな生物だろうと、遺すことがあたしの役目だ。

階段を駆けあがり部屋のドアを開ける。まだ同じ姿勢でいる正和の背中に「ごめん」と言って、免罪符のようにアイフォンをかかげた。

「大学から呼ばれた」

鰯の梅煮

「これで入稿させていただきます」

携帯の向こうの声に「ありがとうございます」とつい頭を下げてしまう。電話を切り、首をまわしながら肩をほぐす。腋の下、そして胸も揉む。なまった身体はぶにぶにとして、自分ではうまくツボというべきポイントを捉えられない。

地元の情報誌からの急な仕事依頼を受けてしまったせいで、一週間近く寝て起きて仕事をするだけの生活だった。自宅仕事だからいいようなものの、湯船にも満足に浸かれない日が続くと気分も荒《すさ》む。

送った誌面デザインをもう一度確認する。派手な見出しに安っぽいロゴ、編集者の指示通りに作ったカラフルでわかりやすいページ。デートスポットやグルメのランキングだけど、やっていることはスーパーのチラシと変わらない、個性の要らない誰にでもできるデザイン。

本庄さんには見せられないな、とちらりと思う。でも、個性を殺しきるのだって立派なプロの仕事だ。無茶なスケジュールだったが、ちゃんと期限内にやりきった。パソコンのシャットダウンをクリックする。

一人で仕事をしていると、たとえどんなハードなスケジュールをこなしても、誰も褒めてくれない。仕事から解放されると、呆《ほう》けたような脱力感と疲労だけが残る。褒められたいな、と甘えた子どものような気分になるが、解消される見込みのない自己承認欲求に苛《さいな》まれるのはしんどいので、なるべく早く切り替える癖がついている。

目頭を揉んだ。熱い。眼精疲労が限界だ。目をあけると、もうパソコン画面は真っ暗になっていた。部屋が急に薄暗くなったように感じて、立ちあがって電気を点けた。畳が湿気でべたついている。除湿器をかけているのに、ちっとも効果がない。足がむくんでいて歩きにくい。

梅雨時は身体も水を吸う、という話を思いだす。だから、意識的に水分をとったり、運動をしたりして、新陳代謝をあげて身体の澱《よど》みを流してあげなくてはいけない。確かに、湿度で身体がひとまわり膨張しているような気がする。

どこでこの話を聞いたのだろう。仕事の合間にＳＮＳで見たのか、ネットニュースで読んだのか、ラジオで耳にしたのか。昼と夜の境目のない生活をしていたせいで情報源がはっきりしない。なんにしても、人から直接聞いた話ではない。この一週間はまともに人と会話をしていないのだから。

格子の隙間から外を見る。夕方前だというのに、まだ暑そうだ。少し横になりたいが、蒸し暑い二階にあがる気にもなれない。

いつの間にかずいぶん日が長くなった。夏至を過ぎたことをうっすら思いだし、夏越《なごし》の祓《はらえ》も数日前に終わったことに気づく。京都は神社が多く、今年も町内会の人が神社への奉納金を集めにきた。四つもあった。薄い人形《ひとがた》の紙に名前を書き、息を吹きかけ、まじないのようなことを四回もくり返した。何度も祈っていいのだろうかと不安になりながら紙とお金を渡しただけで、当の神社には足を運んでいない。茅《ち》の輪《わ》くぐりもしていないし、水《み》無月《なづき》も食べていない。今年は梅仕事もできていない。

ため息がもれる。こういう暮らし方は嫌だ。

仕事だけしていると自分を肯定できなくなっていく。二十代の後半から三十代前半にかけて、激務の中で精神的な浮き沈みをくり返しながらやっと気づけたことだ。

身体だけでなく、家の空気も澱んでいる気がした。心まで澱んでしまう前に、軽くシャワーをあびて、外を歩こうと思った。

まだ静かな木屋町《きやまち》の路地を入り、急な階段をあがってすぐの木の扉を開ける。冷たい空気とコーヒーの香りに包まれた。カウンターの中で店主の北《きた》さんが「おや、いらっしゃい」と顔をあげた。背後の壁には細い一輪挿しのみ。無駄のないすっきりした一枚板のカウンターはまるで割烹《かっぽう》のようだが、自家焙煎《ばいせん》にこだわったコーヒー豆を置いている喫茶店だ。ここのショップカードやパッケージのデザインは私がした。

椅子をひき、深煎りのブラックを頼む。カウンターの隅に並べられた他店のショップカードを眺める。癖だ、ついつい目がいってしまう。

「知り合いが店はじめるみたいなんやけど、高村ちゃん紹介していい？」

豆を挽く音に混じって北さんの低い声が届く。

「ありがとうございます。なんのお店ですか？」

「ビストロらしいで。これから暑くなるのになあ」

「私、夏でもカスレとか食べられますよ」

「高村ちゃんは食いしん坊やから」と笑われる。二つ隣に座っていた品の良いおじいさんが帽子をちょっと傾けながら店をでていく。北さんのゆったりした「ありがとうございましたー」が見送り、入れ替わるように若い女の子が入ってきた。「むしあっついー。マスター、アイスコーヒー」と甘えた声で言い、椅子にどさっと腰を落とす。もうノースリーブだ。贅肉《ぜいにく》のない、なめらかな腕がまぶしい。「アイスのせたろか」と北さんが笑うと、きゃあ、と歓声をあげた。

北さんはもう四十代半ばくらいのはずだが、三十代にしか見えないのでまだまだ若い子にもてる。白いシャツに、お洒落パーマに見える癖毛の髪。飲食店をやっている人間たちは幾つになっても妙に若々しい。

なんとなく観察していると、女の子に「こんにちわあ」と笑いかけられた。

「前もお会いしましたよね」

そうだっただろうか。だんだん若い女の子の顔を覚えられなくなっていく。若い子という自分から遠いひと塊としてしか認識できなくなる。

あいまいに笑うと、「あ」とオレンジ色に塗られた指先で私を指した。

「ブローチ、お好きなんですか」

「好きってほどじゃないけど」と流そうとする。金属は汗と皮脂で傷むので、蒸し暑い季節はネックレスの代わりにブローチをしている。話し好きの子のようだ。でも、人を指すのはいけません。喉元まででかかったが熱いコーヒーと一緒に飲み込んだ。

「タイにいっぱい売ってたんですよ。安いし、あんがい可愛くて。見てください」

キャンバス地の布バッグをカウンターの上に置く。踊り子や象、花、果物といったブローチがたくさんついている。でも、なぜタイなのだろうと思っていたら、女の子が「マスター、楽しかったですよね、タイ」とカウンターに頬杖をついた。

北さんの目が泳ぐ。ああ、と思う。なるほど、牽制《けんせい》ね。こんな四十手前の化粧っけのない女にすら不安になるくらい、恋とは盲目的なものだっただろうか。

「今度はもうちょっと長く行きたいな」

女の子はコーヒーの上に浮かんだアイスを長いスプーンですくう。ちらちらと私を見る。大丈夫です。北さんにも、二人の関係にも、タイにも、特に興味はありません。というか、ちょっと面倒臭いです。反応を期待されても困ります。

無言でそういう空気をだそうと努めたが、女の子はタイの話を一方的に続ける。北さんは困ったような、それでいてちょっと得意げな薄笑いを浮かべていて、せっかく淹れてくれたコーヒーがどんどん泥みたいな味になっていく。

なんとか飲み干して「ごちそうさま」と席を立った。

「あ、また連絡するな。ありがとう」北さんの慌てたような声を聞きながら店をでる。女の子に勘違いされないように「お知り合いの方にどうぞよろしくお伝えください」と儀礼的に頭を下げておいた。

先斗町《ぽんとちょう》へ抜け、打ち水をされた石畳を歩く。

ほんの少し、北さんに伊東くんのことを話すつもりでいた。

彼は梅雨明けにうちに引っ越してくる。京町家の暑さを舐《な》めたらだめだよ、夏が終わってからにしなよ、と言ったのに、大丈夫です、と伊東くんは食い下がった。

いや、こっちが困るんだけど、と思いながらも、「好きにしたら」と余裕ぶった。

言いながら、自分でもよく使ってしまう「大丈夫です」という言葉にかすかにもやもやしていた。控えめだけど、自分の都合でしか思考できない図々しさを感じる。けれど、そんな伊東くんだからこそ、私の生活に入り込んでこられたのかもしれない。なにより、シェアハウスを提案したのは私だったので、いまさら引くに引けなかった。

仕事を多めに受けてしまったのも、伊東くんの引っ越しに無関係ではない。共同生活がはじまったらしばらくは慌ただしくなるかもしれないと思い、先に稼いでおこうと思ったのだ。

そうやって、仕事のペースを乱されはじめていることも気にかかっていた。もしかしたら、自分はシェアハウスを提案してしまったことを後悔しているのかもしれない。正直なところ、どうしてそんなことを言いだしてしまったのか、うまく説明できないのだ。

でも、北さんに話さなくて良かった。恋愛のまっただなかにいる人間はなんでも色恋でものごとを判断しそうだ。そういう甘ったるい物差しはいらない。

話せば、色がつく。話すほど、そのことについて考える時間ができる。時間をかければ、特別になっていく。

いま、なにかを思う必要はないのだ。

灯りが点《とも》っていく飲食店に背を向けて、暮れはじめた道をゆっくりと進んだ。コーヒーが胃を刺激して、空腹を覚えた。

通りから店内をうかがい、「瑞穂」の引き戸を開ける。人差し指をたてて、一人だと告げ、カウンターに腰かける。冷たいおしぼりが気持ちいい。

店内の客は私をふくめて四人。年配の落ち着いたスーツ姿の男性二人組、そして私より少し年上の女性が一人で静かに飲んでいる。大将は若いが、寡黙で、客を放っておいてくれる。

レモンサワーを頼んで、ぱちぱちはぜる炭酸を喉に流し込む。一気に半分ほど飲んでしまい、喉が渇いていたことに気づく。

黒板のお品書きを眺め、なにを食べるか吟味する。前は伊東くんと来たが、今日は一人だ。シェアハウスが決まってからは、私から食事の誘いはしないようにしていた。伊東くんも引っ越しの準備が忙しいのか、あまり連絡を寄越さない。ただ、この「瑞穂」にはときどき一人で来ているようだった。

前も食べた鯖のきずし、あと真アジの造り。きずしにそえられていたおかひじきはしゃきしゃきとして、真アジの下に敷かれていた大葉もみずみずしかった。わさびにはすだちの皮が混ざっていて爽やかだ。伊東くんは一緒に外食をすると、必ず私に薬味を多くくれる。そんなことを思いだしながら冷酒を頼む。

「あ、蛸《たこ》とトマトの大葉和えと焼き茄子も」と追加する。夏野菜に目がいく。今日は、肉とか揚げもの頼んでいいですか、と訊いてくる相手もいない。

食べる速さも、量も、自分以外の誰も気にしなくていい。好きなものを好きなだけ注文して独り占めできる。最高だ、と姿勢を崩す。これが仕事明けの自由と幸せだった。

携帯もバッグにしまったままで、箸を動かし、ガラスのとっくりを傾ける。

でも、どうして、それを壊してしまうかもしれない提案をしてしまったのだろう。

手がとまっていたのか、大将が遠慮がちに「ご飯は炊くのに三十分ほどかかりますので」と声をかけてくる。うすいえんどうの釜飯に惹かれたが、今日はいいです、と断った。

つまみと日本酒だけでだらだらとお腹をいっぱいにしたい気分だった。

ふと、思いだす。残った釜飯を包んでもらった重い温もり。あの晩、伊東くんが吐いて、うちに連れて帰って介抱して、それがはじまりだった。

はじまり？　なんの？

私と伊東くんの関係ってなんなのだろう？

ちょっとしたことで自問自答がわきあがる。考えないように飲むペースをあげる。

一人で飲んでいる女性客が季節野菜の葛ひきを頼んだ。そのまま二言三言、大将と言葉を交わす。さっきは日替わりのお浸しを食べていた。一人暮らしなのだろうな、と思う。品の良いブルガリの時計が手首で光っていた。仕事も充実していて、時間もそこそこあって、きっと習い事やジムになんか通っていて、と想像してしまう。

目が合いそうになったのでメニューに視線をやった。万願寺《まんがんじ》とうがらしの炙《あぶ》り、根菜のおから煮、ごま豆腐の揚げだし、だし巻き、アジの南蛮漬け、鰆《さわら》の幽庵焼き、カツオの竜田揚げ……伊東くんの好きそうな和食が並んでいる。一人で来るはずだと納得しながらも、彼の好みを把握しはじめている自分がちょっと疎《うと》ましかった。

目の前に、先に頼んでいた鰯の梅煮が置かれる。小ぶりの鰯が三尾。前と一緒だ。エアコンからの風に吹かれて湯気が流れる。茶色く煮崩れた梅に唾がわく。

お酒のお代わりをして、間で山芋のわさび漬けをつついたのに、三尾目で少し飽きた。

前は伊東くんと分け合って食べた。彼が二尾食べて、もうちょっと食べたいと思った。けれど、一人で三尾は多い。でも、残すわけにもいかない。

一人の自由も二人のバランスも難しいものだ。誰かを失望させるより、自由の代償を一人で受けとめるほうを、私はいつも選んできた。

なのに、どうしてだろう。また箸がとまる。

きっと、それは伊東くんだからだ。親しい友人でもなく、異性として恋い焦がれているわけでもない、関係としては薄い、失っても痛手の少ない人間だから。互いのことはよく知らないし、あまり知ろうともしない。歳の差による遠慮もある。でも、食の趣味は合う。そこだけの繋がりだから安心できるのだろう。

このカウンターに座る他人同士のように、店の味は愛し、ルールも守るけれど、干渉し合わない。見つめ合わない、ただ、横に並んで静かに食べる。そういう関係がきっと私は楽なのだ。

そうか、そうだったのか。頭と身体のこわばりがほぐれていく。

ふふっと笑いがもれる。まわりの視線は気にならない。ふわふわとした心地好い酔いが身体にまわっていくのを感じた。

「沖縄は梅雨明けらしいで」

「ええなあ、蒸《なご》し暑うてたまらんわ」

「けど、夏も長うなるなあ」

男性客の会話が耳に入る。梅雨が明けたら、伊東くんがやってくる。先ほどからの妙な高揚感の理由がわかる。これから二人の生活がはじまると知っているから、今日の一人酒が自由で楽しいのだ。

伊東くんがやってきたら、山盛りの鰯を買いに行こう。頭を落として、内臓を洗い、去年漬けた梅干しで煮る。鍋一杯に作っても、きっと二人なら食べきれるだろう。これからはそんな料理が作れるようになる。いつまでかはわからないけれど。

蒸しあがった熱い器が置かれる。生のりと桜海老の茶碗蒸しを注文していたのをすっかり忘れていた。蓋を取ると、生のりの鮮やかな緑が目にしみた。もうこれ以上、なにも食べられないいくらいお腹いっぱいになった。

最後にほうじ茶をすすり、お茶だけは勝てるな、と思いながら会計をお願いした。

一人きりの夜道はぬるくて、やわらかかった。黄ばみかけた梔子《くちなし》が甘い腐臭をただよわせている。いとわしいのに、妙に胸をざわめかせる。夏がやってくる気配を感じた。

白くまばゆいスーパーに寄り、棚の間をぐるぐると歩いた。青い梅はなかったけれど、黄色く熟れた梅を見つけ、一袋だけ買って帰る。

生ものの水っぽい重みを片手に感じながら、明日はこれで梅ジャムを作ろうと思った。今度の休日は伊東くんにパン屋の山食を買ってきてもらって、二階の空き部屋の掃除をしてもらおう。これからは休日が必要になるのだ。

夜道はまだやわらかく、スーパーの袋がかさこそ響く闇はぼんやりと光るようだった。

蒸しトウモロコシ

「あんた、嫁でももらったんか」

営業所のドアをノックもせずに開けた婆さんがしわがれた大声をあげた。びくっとみんなの動きが一瞬止まる。本人は普通に話しているつもりなのだろうが、耳が遠いせいでいつも怒鳴っているように聞こえる。

「なに、呆けた顔しとるんや。あんたやで、あんた」

わめかれて、やっと自分のことだと気付く。週に一度はやってくる近所の婆さんに摑まるのはたいてい俺だ。事務の女の子は顔もあげずスマホの画面を凝視している。伏せられた睫毛《まつげ》は異様に長く、毛虫を連想させて可愛さよりも恐怖が勝る。支店長が「ちょっと……ほら、ねえ、一応来客だから」とお茶だしを促すも、「いま休憩時間とちがいます？」と容赦なく突っぱねる。支店長は「あ、そうだったねえ」とおどおどと目を逸らし、丸い身体を億劫《おっくう》そうに揺らして立ちあがり給湯室へ向かう。東京の本社からやってきた支店長は関西弁が飛び交う大阪支店にどうも馴染めていない。

その間に婆さんはずかずかとデスクのそばにやってきて、俺の手元を覗き込んだ。汗のような、乾いたおしっこのような、つんとした臭いがかすかに鼻をつく。ところどころ黒が交じったごわごわの白髪が、こめかみに汗で張りついていた。じろじろと俺のタッパーの中身を点検するように見る。

茄子のピリ辛味噌炒めにピーマンとじゃこのきんぴら。冷蔵庫にある高村さんの作り置きおかずは自由に食べてもいいことになっているので、タッパーに詰めて弁当にしている。もう暑いから持っていくなら火の通ったものだけにしてね、と言われているし、冷蔵庫の扉に同じ内容のメモも貼られている。

支店長が給湯室の冷蔵庫から緑茶のペットボトルを持ってきた。「えらいこと暑いですなあ」と婆さんに差しだす。婆さんは支店長の奇妙な関西弁に露骨に顔をしかめ、それでもさっとペットボトルは奪い取った。

その隙に、手に持ったままのおにぎりを慌てて口に押し込もうとすると、中からでてきた梅干しの酸味が鼻の奥を刺激した。塩だけのおにぎりだと思っていた。高村さんは朝起きるとまず土鍋でご飯を炊いて白いプレーンのおにぎりを握る。それをひとつ頰張り、ふたつをラップで包んで持っていかせてもらっている。婆さんが目ざとく「ええ色の梅干しやないの」と皺に覆われた目を細める。

「手作りみたいです」

俺は大学から関西だけど支店長のように関西弁を使おうとはしない。地元の人間にわずかなイントネーションの違いを見抜かれてしまうからだ。高村さんも絶対に京都弁を使わないようにしていると言っていた。

「梅干しは夏バテによう効く。あんた、ええ嫁もらったなあ。前より血色がようなっとるわ」

「最近は嫁ゆう言葉もセクハラらしいですよ」と支店長がへらへらと笑う。「知らんがな！」と婆さんの喝が飛ぶ。ひと呼吸遅れて、支店長が「えっ、いとーくん、結婚したの⁉」と婆さん並みの大声をだした。営業部の先輩たちが出払っていてほっとする。

「してませんよ。えーと、一緒に住んでいる人が料理上手なんです」

「これか」

婆さんが小指をたててにやっと笑った。黄ばんだばらばらの歯が覗く。

「いえ、そうじゃなくて……」

言葉を探して、「同居人です」と答える。もう一度、頭の中で反芻《はんすう》する。間違ってはいないが、うっすら罪悪感めいた気分になるのが落ち着かない。

「なんやそれ」と婆さんは興味をなくしたように言い、しわくちゃのデパートの紙袋を俺のデスクにどんと置いた。

「いらんかったら、ほかし」

そう怒鳴るとすたすたと去っていく。今日は親戚や近所の愚痴はないようだ。せっかちな婆さんは用が済むと、背中で「ほなな」と言って振り返りもせずに行ってしまう。

紙袋はずっしりと重く、湿りけがあった。茶色く変色した毛束のようなものが突きでている。おおきな、大根ほどもありそうなトウモロコシが突っ込まれていた。

「めっちゃでっかいですよ、これ！」

思わず声をあげると、事務の女の子が面倒臭そうにこちらを見た。

「そんなん入る鍋ないしー。あのお婆さん、なんでうちくるんですかねえ」

「隣だからじゃないのかな」

支店長が窓の外を見た。俺も紙袋を持って横に立つ。

ビルとビルの間に挟まれた今にも潰れそうな日本家屋に、背を曲げた婆さんが入っていくのが見えた。

「ここら辺の土地、全部あの人のだってね。誰が来ても絶対に家には入れないらしいよ」

支店長がぼそりと言った。紙袋は片手がだるくなるくらい重く、婆さんのこめかみの汗を思いだした。

「これ、ぼく、いただきますね」と言うと、「単身赴任だから助かるよ」と支店長は眉をへの字にして少し寂しそうに笑った。

高村さんの「ただ古いだけの家」に引っ越して一ヶ月、なんとなく生活のペースができてきた気がする。もともとそんなに荷物も多くなかったので片付けはすぐに済んだ。洗濯機はアパートについていた共有のものを使っていたし、俺の小さな冷蔵庫は高村さんが酒専用冷蔵庫にすると言って、彼女の仕事部屋に置くことにした。二階には部屋がふたつあり、ひとつは高村さんが寝室に使っていて、もうひとつを俺にあてがってくれた。俺の方の部屋は狭いから、階段をあがったところの踊り場も使っていいと言われたので、衣装ラックを置いてクローゼット代わりにさせてもらっている。俺の部屋にはベランダもついているので、開放感があっていい。

唯一、慣れなかったのは中庭にあるトイレと風呂で、一度外に出てから用を足したり、裸になったりするのにためらった。高村さんは仕事部屋の縁側に続く戸から中庭に出られるが、俺は風呂あがりには半裸で台所を走り抜けなくてはいけなかった。そのため、日々の入浴時間はお互いに早めに申請していた。

引っ越しの日、運送業者が帰ると、高村さんは手早く掃除機をかけて「やっぱり蕎麦かな」と言った。茹でるのかと思ったら、「行こう」と促された。一方通行の、方眼紙のような道を、高村さんは曲がったり進んだりして、蕎麦屋の白い暖簾《のれん》をひょいとくぐった。

俺が鴨せいろとかやくご飯のセットを注文していると、「鶏天、食べない？」と横から覗き込んできた。「いいですねえ、でも飲みたくなっちゃいますね」「飲んじゃおうよ」と高村さんは澄ました顔で言い、「ねえ、だし巻きも食べちゃわない？　板わさも」とどんどん追加した。ほんの少し浮かれているように見えた。生ビールを一杯ずつ、冷酒三合を二人で飲むと、高村さんは一面にすだちの輪切りが浮かんだ冷たい蕎麦をするするとすすった。「それなんですか？」と訊くと、「はりそば」とすっかり酒が抜けたような静かな声で答えた。

梅雨明けしたばかりの暑い日だった。炎天下の中、町家へ戻り「昼のお酒はまわるね」「ほんとですね」と言い合い、玄関を入ったところの畳に転がった。誰かと一緒の場所に帰ることが懐かしく、不思議な気分だった。うまい言葉を探したけれど見つからず、日が暮れるまで眠ってしまった。

高村さんが俺に合わせてくれたのはその日だけで、あとは毎日、仕事をしていた。いつも奥の仕事部屋にいる。朝は俺より早く起きておにぎりを作り、俺が出かける時間にはコーヒーを飲みながら仕事している。俺が終電で帰る日はもう寝ていて、居間にメモが残っている。早く帰ると、まだ仕事をしていて「おかえり、鍋にカレーあるから食べていいよ」とか声をかけてはくれるが、すぐに仕事に戻ってしまう。休みの日も同じペースで仕事をしている。これほど四六時中ずっと仕事をしていると思わなかったので驚いた。前に「徹夜はしない」とか「夕方までには終わらせている」と言っていたのは嘘だったようだ。俺と食事に行く時は調整してくれていたのだと、一緒に住んではじめて知った。

一度、缶ビールを取りに高村さんの仕事部屋の障子を開けてしまったことがある。モニター画面をぼんやりと見つめながら、高村さんは両手で自分の胸を揉んでいた。え、と固まった俺を「ちゃんと声かけてくれる？」と一瞥《いちべつ》し、その日は一切口をきいてくれなかった。大いに反省したので、仕事部屋の障子が閉まっていたら絶対に自分からは開けないようにした。

二人の間の問題はそれくらいだったが、町家が思った以上に暑くて閉口した。盆地特有のサウナのような暑さが絡みついてくる。特に昼間の日差しに炙られる二階は夜になっても熱がひかない。盆地のせいか、ほぼ無風で、密集した住宅地はまるで風が抜けない。おまけに、俺の部屋にはエアコンがなく、灼熱《しゃくねつ》地獄といっても過言ではなかった。そして、深夜に壁の裏やベランダを何かがものすごい速さで駆け抜けていく。ベッドから転げ落ちそうになるくらい怖かった。高村さんに訴えると「だから、暑いし、ネズミもでるって言ったじゃない。あ、イタチかもしれないけれど」とそっけない返事だった。けれど、エアコンをつけるまでは比較的涼しい一階で寝てもいいと言ってくれた。

ただ、夜は京都の暑さにうなされ、昼は大阪のビジネス街で室外機からの熱風とコンクリートの熱にやられている割には元気だった。昼の外食をやめて高村さんのおかずとおにぎりを持っていくようにしてから身体が軽い。婆さんが見抜いた通りなのかもしれない。嫁なんかではないけれど。そう言われていると知ったら高村さんは不快に思うだろうな、と考えながら冷えすぎた電車に揺られる。夏の室内と屋外の寒暖差が年々つらくなっていく。

鴨川を渡ると、空の端が明るい色に染まっていた。なんといえばいいのだろう、紅鮭色だろうか、赤紫色だろうか、女の子が好きそうな色だ。思わず足を止めて眺めていると、スマホが振動して華からメッセージがきた。珍しくまともな時間だ。

――ピングレの夕日！

写真もついている。なるほど、ピンクグレープフルーツか。華の笑顔が見えた気がした。ピンク好きなのかな、似合うもんな、と思う。同じものを見ていることを伝えたくてすぐに返信すると、えっまた京都にいるの、と返ってきた。高揚していた気分がすっと下がる。

前にぎくしゃくとした雰囲気になってから、ほとんど連絡を取らずに高村さんとのルームシェアを決めたので、まだ華に引っ越したことを言ってなかった。

——今日、そっち行っていい？

そう送ると、家に帰ったら連絡するね、と返事がきて、それ以降は何か欲しいものがないかと訊いても既読がつかなくなった。仕事が終わったから夕日を見ていたのではないのだろうか。考えているうちに、空は暗い青に塗りつぶされていき、夜の気配が漂いはじめた。スマホのマナーモードを解除して歩きだす。

急いで家へ帰ると、居間が明るかった。台所から油が爆ぜるにぎやかな音がして、高村さんがコンロの前に立っているのが見えた。

「なに揚げてるんですか？」

靴を脱いで、台所へ行くと、もう鍋は静かになっていた。

「今日はまだおいしくないよ。小アジが安かったから南蛮漬けにしたの」

千切り野菜と漬け汁がいっぱい入ったバットに、キッチンペーパーを敷いた皿からこんがりと揚がった魚をさっさっと移していく。「コロッケとか豚カツとか揚げて欲しかった？」と高村さんが俺を横目で見て笑う。

「南蛮漬けも好きですよ。コロッケや豚カツも大好きですけど」

「じゃあ、今度は早く帰れる日は連絡して。そういうのは揚げたてじゃなきゃ。私、春巻きが食べたいな」

言われて、あ、と声がでそうになった。高村さんが冷蔵庫に置いておいてくれるおかずはどれも時間が経ってもおいしいものばかりだった。

すみません、と言いかけて、やめる。俺のために作っている確証もないのに謝っても、自意識過剰だと呆《あき》れられるだけかもしれない。

「……春巻き、いいですね」

「ね、しっかり具に味をつけて、パリパリのところを酢と辛子だけで食べるのが好きだな」

なんとなく顔を見られなくて「あの、これ、いつもの人にもらいました」と紙袋を差しだす。すぐに中を見た高村さんが「立派！」と歓声をあげる。「トウモロコシのかき揚げ作ろうか」と目を輝かす。

その時、俺の鞄の中でスマホが鳴った。きっと華だ。

「あ、すみません。ちょっと今から出なきゃいけなくて。でも……」

「そうなんだ」と遮るように言われた。

「いってらっしゃい。じゃあ、トウモロコシは蒸しておくね」

「蒸すんですか」

高村さんは俺に背を向けて、もう流しの下の戸棚を開けている。和食の厨房にあるような銀色の四角い蒸し器を取りだす。

「うん、皮のまま蒸すの。茹でるよりずっと甘くてぷちぷちになるよ。たくさんあるから明日の朝はトウモロコシご飯にしようか。芯を入れて炊くといいダシがでるんだよ。おにぎりにしてもおいしいけど、炊きたてにバターをひとかけと醬油をちょろっとかけると最高。黒胡椒を挽くのもいいね。あ、そのお婆さんにも差しあげる?」

どんどん喋る。「はい」と答える。「少し多めに作ってもらってもいいですか」とお願いする。支店長にもあげようと思った。

「楽しみにしています」と言って、スマホも確認せず逃げるように土間へと戻った。「いってらっしゃい」と声が聞こえた。いつも通りの、きっちりと最後の「い」まで発音された、低めの穏やかな声。

華のアパートまでは歩いて三十分ほど。ぬるい夜をかきわけるようにして歩を進めた。

出迎えてくれた華は甘い石鹼《せっけん》の匂いがした。髪もまだ湿っているようだ。

「お風呂入ったの?」と訊くと、「あ、シャワー、今日ちょっと汗かいちゃったから」と歯を見せて笑った。お風呂あがりだというのに、薄く化粧をしてくれているのが嬉しかった。前にぎくしゃくした、と感じたのは、自分の勘違いだったのかもしれない。

「ごめん、なにも買ってこなかったんだけど」

狭い玄関で靴を脱ぐ。「なんか食べにいく？」と、ローテーブルに缶ビールとコップを置きながら華が振り返った。その顔がふっと曇る。

「正和、なんで手ぶらなの？」

「え、だから、なにも買ってこなくてごめんって……」

「そうじゃなくて仕事鞄は？」

一瞬で血の気がひいた。鞄から財布だけを取って、居間に置いてきてしまった。「華、あのさ」と慌てて部屋にあがる。大股で台所を抜け、華のそばに行こうとした。

「言ってなかったんだけどね……」

突然、眼球の奥に火花が散るような激痛が身体を走って、その後の言葉が呻《うめ》き声になった。床にうずくまってやっと、右足の末端が痛いのだとわかる。痛いというより熱い。台所と部屋の間の開きっぱなしの引き戸に、小指の先を思いきりひっかけてしまったようだ。めきっとも、ばきっともつかぬ音がしたが、引き戸がたてた音なのか、自分の足の小指が折れた音なのかわからなくて怖い。

華が「大丈夫？」と駆け寄ってくる。手で制して、床に腰をおろし、そろそろと靴下を脱ぐ。小指の先にぽつりと赤いものが見えて、ぎくりとするが血はこぼれなかった。血豆のようだ。見る見る大きくなっていく。

「あっ」と華が小さな声をあげた。食い入るように血豆を見つめ「皮下出血だ」と呟いた。きれい、と囁《ささや》き声が聞こえた気がして「え」と訊き返すと、華は立ちあがって冷凍庫から保冷剤を取ってきた。床に置いて踏むように言う。そっと足をのせると、冷たくてほっとした。

「腫れてきたら骨折の可能性があるから、病院いったほうがいいかも」

壁にもたれながら「うん」と答える。ようやく息が普通にできるようになってきた。いつの間にか、華が手にスマホを持っている。俺と足を交互に見ていたが、言いにくそうに「撮っていい？」と俺を窺《うかが》うように見上げた。

「なにを？」

「これ」と血豆を指す。

「え、なんで」

返事をせず頬をかすかに上気させてもじもじしている。困惑しながらも「別にいいけど」と言うと、華は嬉しそうに数枚写真を撮った。画像の色を確認してから、ちらっと俺を見る。

「痛い？」

「いや、もうそんなに」

華の顔が近付いてきて、柔らかい唇が頰に触れた。目が合う。唇をついばむように口づけされる。じれったくなって引き寄せると、舌を入れた。華の舌が熱っぽく応えてくる。

華の手が俺の胸から腹、股間へと降りていく。「あ」と小さな声をあげる。「なんか、すごいよ」と笑われる。恥ずかしい。

「してあげるね」

華の目がきらきらしている。「動けないだろうし」と付け足す。なんだか華が獣みたいだ。小柄で俊敏な肉食の獣。そう思っているうちにズボンのベルトが外され、トランクスとズボンが一緒に引きずり下ろされた。腰が浮いて壁にもたれていた上半身がだらしなくずれる。

シャワーを浴びていない、と思った瞬間に、あたたかいものに包まれた。ぬるぬると舌が動く。声をもらすと、華が上目遣いで俺を見た。その口元で湿った音がたつ。

足の小指がずくんずくんしている。いや、身体中の血が走りまわっている。熱くて、心臓が破裂しそう。痛いのだか、気持ちいいのか、痛いのも気持ちいいのも一緒だったのか、わからなくなって華の頭をまさぐった。呑み込まれていくみたいだった。

くしゃくしゃに乱れた髪のまま、華がティッシュに吐きだしたものを見つめている。もとは俺が華の口にだしたものだ。ちょっと嫌だ。自分でもあまり見たくないものなのに。昂奮《こうふん》が冷めてしまった後の部屋はいつも妙に白々しく、まぶしい。変に喉が渇く。

「華、ごめん、髪が」

手を伸ばそうとすると、華が「あ！」と声をあげた。

また俺の足を見ている。小指の先の血豆はぎょっとするくらい黒くなっていた。かすかに青紫っぽく、醜悪なホクロのように盛りあがっている。

「すごい！　もう凝固しちゃった。真っ黒！」

華は歓声をあげ、今度は俺の許可を得ずに写真を撮った。その生き生きした姿を、脱力したままぼんやりと眺めた。

「生体の変化って鮮やかだね」

そう言って、華はコンビニで買ってきた絆創膏《ばんそうこう》で血豆を覆ってくれたけど、正直、俺の打撲の心配というより血豆を保護したいように見えてしまった。引っ越しや仕事鞄のこともうやむやになっている。

小指は腫れなかったし、歩けたけれど、タクシーを拾って帰った。明日の仕事も問題ないだろう。すぐに冷やしてくれた華のおかげだ。それなのに、ひがみっぽいことを考えてしまう自分が嫌だ。でも、どうしても、生体、という言葉がひっかかる。

「セイタイ」

呟きはタクシーのカーラジオの音にかき消された。

町家は黒々とした夜に沈んでいた。土間の裸電球がぽつりと点っているだけで、家の中は静まり返っている。台所のシンクが天窓からの月光で冷たく光り、夜の蒸し暑さをわずかに払拭した。靴を慎重に脱ぎ、踏んでいた踵《かかと》を直すと、手探りで居間の電気を点ける。

ぱっとあふれた光の下に、籠に盛られたトウモロコシが現れた。緑色の葉は、にごった力ない色になっていた。メモには「皮を剝《む》いて食べてね」と書いてある。

ひろひろと頼りないヒゲをちぎり、しっとりした繊維質の葉を手で剝がすと、目が覚めるような黄色が飛び込んできた。粒のひとつひとつが輝いていて、少しも皺が寄っていない。あけぼののご飯の鮮やかなオレンジ色がよぎる。これも、元気のでる色だ。

ヒゲがあちこちに残っていたけれど、構わずみっしり詰まった黄色い粒に歯をたてる。弾けて、汁が飛ぶ。甘い。果物みたいにみずみずしいトウモロコシだった。しばらく夢中になって齧《かじ》りつき、顔を汚しながらぐしゃぐしゃと嚙んだ。

半分ほど食べて顔をあげると、ぷはっと息を吐く音が静かな部屋に響いた。天井を見上げる。高村さんの部屋からは物音ひとつしない。台所に目をやると、土鍋がひっそりと置いてあった。中にはトウモロコシご飯の準備がしてあるのだろう。

明日は早く起きて、高村さんと一緒におにぎりを握ろう、と思った。

いちごパフェ

「中野くん、銀ぶらしませんか」

学会会場を出たところで堀教授が言った。正しくは「ギンブラしませんか」と片仮名で聞こえた。

なんのアプリゲームだろうとぼんやり考えていたら、履き慣れないヒールでつまずきそうになった。ビアガーデンに行こうと盛りあがっていた宇野先生たちの一群がエレベーターに乗り込み、横から入ってきた研究者たちでいっぱいになり扉が閉まってしまう。

「銀座に行きませんか」

言い直した堀教授の足元はいつも通り、かかとを踏み潰したスニーカーだった。さすがにジャケットは着ていたが、下はポロシャツだし、堀教授にとっては東京も地元京都と変わりないようだ。

「銀座、ですか？」

思いがけない言葉に聞き返してしまう。堀教授はまっすぐ大学に戻ると思っていた。

「でも、先生、コツメカワウソがまだ……」

水辺の肉食生物は魚類を食べているせいか独特の生臭さがあって、真夏の研究室で強烈な異臭を放っている。もちろん堀教授は顔をしかめることなく腐敗しかかった死体を丁寧に解剖し観察している。蛆がわいても、その蛆すら観察する人だ。新幹線に乗っている時からコツメカワウソのことが頭を離れないのは、堀教授にコツメカワウソの臭いがしみ込んでしまっているせいかもしれない。

返事がないので横を見ると、堀教授の姿がない。いつの間にか、たったいま出てきたばかりの会場扉の前に戻り、他大学の研究者と話し込んでいる。まだ若い男性だ。あたしより年下っぽい。確か、アジアゾウの心筋細胞の微細形態について発表をしていた。とりたてて新しい研究テーマではなかったが、彼のデータのひとつに死後二時間しか経過していない心臓の組織片があった。堀教授が気になっているのはおそらくそれだ。アジアゾウの解剖はあたしたちもしたことがあるが、その体の巨大さのせいで心臓を取りだして固定液に浸けるまでにどうしても四、五時間は経ってしまう。そうなると、電子顕微鏡で見ても生きている時の細胞の動きは捉えにくくなる。

堀教授の声がどんどん大きくなって、筋原線維とかミトコンドリアといった単語がこっちまで聞こえてくる。話しかけられた若者は頬を紅潮させて一生懸命に応じている。そりゃあ、誇らしいよね、と思う。堀教授に興味を持ってもらえるなんて。

長くなるな、と座れる場所を探そうとすると、すらりとした女性が近づいてきた。シンプルなスーツとパンプスが肌のように体に馴染んでいる。あたしみたいに着せられてる感はまるでない。

「申し訳ありません、こちらを堀教授にお渡しいただけますか？」と、A４サイズの茶封筒を差しだしてくる。クリップで留められた名刺には大手医療メーカーのロゴがあった。

研究機器を扱っている会社の営業らしき人たちもカタログを手ににじり寄ってきた。

「あの、これもお預かり願えますか？　先生に話は通しております。来月までにお戻しいただけると助かります」

何度か研究室に訪ねてきたことのある出版社の人が、横から付箋《ふせん》だらけの紙束を寄こしてくる。堀教授は著書も多い。

「わかりました。あ、近くなったらもう一度連絡したほうがいいですよ。メールではなく電話で、でなくてもしつこく」

つい、返事をしてしまったが最後、我も我もと寄ってきた人々に名刺やらパンフレットやら試供品やらを渡されて、あっと言う間に両手がいっぱいになってしまう。

あたしはきっと堀教授の秘書だとでも思われているんだろう。秘書はいるにはいるのだが、常勤ではないし、予算の関係上、出張には同行しない。まあ、そんな内情など伝わるわけもない。

それに、秘書と間違われても仕方ない。今回、あたしは論文が間に合わなくて発表もしていない。それればかりか、最近は堀教授のスケジュール管理から解剖補助、講演会や大学の授業の手伝いといった助手仕事に時間を取られている。勉強にはなるが、研究者として名の残らないことばかり。

視線を感じて目を遣《や》ると、青白い眼鏡男があたしを見ていた。東京の大学院に行った元同級生の鎌田《かまた》だった。マレーセンザンコウの咀嚼の仕組みを3D映像を使って発表していた。鎌田は学生の頃からセンザンコウマニアで、学園祭の時にあたしたちのクラスがやった絶滅危惧種カフェでは段ボールで作った鱗《うろこ》と尻尾でセンザンコウコスプレをしていた。どうやって手に入れたのか、センザンコウ科の化石を自慢されたこともある。

「鎌田」と呼ぶと、彼はすっと目をそらし、ようやく戻ってきた堀教授に挨拶した。お前なんか眼中にない、というように。

二言、三言、やりとりをすると、堀教授は離れた。鎌田のひょろひょろの背中が去っていく。

堀教授は怪訝《けげん》そうな顔をしていた。

「どうしました？」

「いえ、彼、あんななまっちろい体で偶蹄類の解剖とかできるのでしょうか」

「彼はセンザンコウ一筋ですから」

「一筋」と堀教授が首をふる。「センザンコウしか見ないで、センザンコウのことがわかるわけがありません」

堀教授はどんな動物の死体でも受け入れる。すべての死体を観察して保存する。そうやって相対的に生物を見ようとするのは堀教授のやり方だ。大抵の研究者は自分の研究分野を狭く深くしていく。鎌田はそのうちセンザンコウにおいては第一人者になるのだろう。堀教授のようなバイタリティと才能はあたしにはない。なんだか、自分がひどく遠まわりをしているような気がした。

渡された名刺や資料を紙袋に押し込んでいると、堀教授が「さて」と言った。

「銀座に行きましょうか」

この人、頑固でもあったな、と思いだした。

地下鉄を降りると、大通りをしばらく歩いた。

日差しがまぶしい。アスファルトは焼肉屋の鉄板のようだ。休日だからか、銀座は歩行者天国になっていて、大きなスーツケースをひく家族連れや外国語を話す集団が多くいた。あたしも堀教授も人の多いところに慣れてなく、人にぶつかったり、はぐれたりしながら進んだ。堀教授は二度ほどスーツケースのキャスターに轢《ひ》かれてスニーカーが吹っ飛んだ。

「先生、ちゃんとかかとまで履きませんか」

「それは、小学生の頃から言われていましたね」

そう言いながらまったく直そうとしない。ジャケットも脱いでしまっている。失くしそうだったので、預かって出版社からの紙束と一緒に紙袋に入れた。

こうやってどんどん秘書化していくんだ。いや、お母さん化か。こういう人と結婚したら大変なんだろうな、と思う。正和とはぜんぜん違う。正和はきちんとしていて、ちっとも甘えない男だ。でも、それは相手があたしだからなんだろうか。

正和はいつもなにか言いたそうにして、結局は言わない。最近は特にそうだ。ＬＩＮＥも文字ではなくスタンプで返ってくることが多い。ゆっくり会いたいけれど、あたしも学会前で忙しかった。自分の発表がなくても、同じ研究室の人の手伝いがある。

先月、祇園祭に誘われて「人混みとかちょっと」と断ってしまったことを思いだした。

「華らしいね」と笑っていたけれど、あの時もなにか言いたそうだった。良い「らしい」

なのか、悪い「らしい」なのか気になったが、蒸し暑い京都で人の波に揉まれるなんて体力と時間の無駄にしか思えなかった。

人を避けながらぼんやり正和に想いを馳《は》せていると、ふいに「私は生まれも育ちもこっちでね」と堀教授が言った。汗でポロシャツの色が変わっている。

「そうだったんですか」

「中野くんは神戸《こうべ》からだったね」

「兵庫県です」

堀教授はあたしの返答なんかないもののように自分の話を続けた。

「銀座に行くとなったら母親が大騒ぎでしたよ。着ていく服がないって、銀座に行くために新宿で洋服を買っていました」

あたしたちを追い抜いていくタンクトップにホットパンツの若い女の子を眺めやる。

「ずいぶんカジュアルになったものですね」

堀教授には言われたくないんじゃないかな、と思っていると、「はい、ここです」と有名な化粧品会社のロゴがついたお洒落な赤いビルに入っていく。首にスカーフを巻き、シックな制服を着たエレベーターガールが、完璧な微笑みを向けてくる。予想外の場所に慌てるあたしに目もくれず、堀教授は「お茶をしましょう」と三階のカフェへ向かう。

案内板にサロン・ド・カフェと書かれていたが、そこはあたしの知っているような屋根裏部屋みたいなカフェでも、チェーンのコーヒーショップでもなかった。落ち着いた赤い壁に真っ白なカーテン、窓は天井まであり、室内は自然光と控えめな照明で柔らかな明るさに保たれている。クリーム色の絨毯《じゅうたん》に足音が吸い込まれる。黒いベストと蝶ネクタイをぴしりと身に着けた若くはない男性給仕がきびきびと、けれど優雅に席へと誘導してくれた。かさばった紙袋とあたしの武骨な書類用鞄を空いた椅子に置き、さっとあたしの椅子をひく。見えない糸に操られるように腰を下ろしていた。

染みひとつないテーブルクロスに気圧《けお》されて、卓上の小さなひまわりをじっと見つめていたら、堀教授がメニューを広げてくれた。千円以上もするコーヒーや紅茶にクリームソーダ、レモンスカッシュやプリンアラモードなんていう古風な感じのものもある。

「パフェがありますよ」

堀教授がなぜか厳《おごそ》かに言う。季節のマンゴー、無花果《いちじく》、桃、定番のチョコレート――

「いちご」と、口から転がりでた。「これがいいです」と苺のパフェを指す。一瞬、堀教授が微笑んだような気がした。けれど、「では私も」とさっと生真面目な顔になり、給仕に手を挙げてしまった。

しばらく待った。その間に銀色のスプーンやフォークが並べられ、差し湯を温める蠟燭《ろうそく》に火がともった。深い飴《あめ》色の紅茶をすする。白いティーカップの縁だけが金色で、紅い水面にきらきらと反射して綺麗《きれい》だった。

堀教授はひと言も発しない。かたい表情で身じろぎもせず座っている。この人がひところから動かないのを久々に見た気がした。いつだって研究室から解剖室、そして収蔵庫や死体の引き取り先へと駆けまわっている。

近くのテーブルに品のいい服装の女性たちがやってきた。お喋りに夢中で、給仕がハンドバッグを受け取ったのにも気づかない。給仕は花の紋章がついた銀色のフックのようなものをテーブルにひっかけ、ハンドバッグをそっと吊るした。財布とハンカチと口紅くらいしか入らなそうな小さなハンドバッグが急に羨ましくなった。

目の前に金縁の白い皿とレースが敷かれ、ようやくパフェがやってくる。つやつやと赤く輝く王冠のようなパフェだった。てっぺんに苺がひとつ。粉雪のような砂糖が薄くかかって、ピンク色のアイスに絞られた生クリームの上にそっと鎮座している。そのまわりを半分に切った苺たちがぐるっと囲っていた。

一番上の苺を頬ばる。酸っぱくて、あまい。生クリームをひとすくい、苺のアイスは自然な香りだった。なめらかなバニラのアイスは懐かしい卵の味がして、フレッシュな苺のソースでまた雰囲気が変わる。果肉がぷちぷちと口の中で潰れる。

パフェを掘っていると、解剖している時のような高揚感がある。次はなにがでてくるのか、どんな風に溶けて、次の層とはどう混じり合うのか。生の果物で豪勢に飾っていても、底がシリアルや冷凍スポンジや缶詰フルーツでかさ増しされているとがっかりする。

苺のパフェは最後までそんなものはでてこなかった。ソースの一滴まで果実感があった。体にするすると入った。すこしも頭が痛くなることもなく、夢中で食べてしまった。顔をあげると、堀教授はゆるやかな曲線を描く細長いスプーンを慣れない手つきで操っている。紅茶を飲む。体は冷えていない。ほんのすこしだけもの足りないくらいの、ちょうど良い量。

そっと隣のテーブルを盗み見ると、淡いロゼ色の無花果のパフェが食べられようとしていた。底はジュレのようだった。もう一杯、食べたくなる。

紅茶を注ぐと、「やはり中野くんは一番上からいきましたね」と堀教授が言った。

「たい焼きも頭からです」

「素直なんでしょう。作り手は嬉しいでしょうね。私はつい、横から眺め、構造を観察してから食べてしまう。苺が落ちないように生クリームで滑り止めしているのか、アイスクリームが溶けるのを見計らってここはソースの層にしているのか、そんなことを考えていると遅くなる。気持ちの悪い食べ方、とよく嫌がられました」

アジアゾウの心臓も、と思った。先生がまっすぐ心臓だけを狙えば二時間で組織片を採取できるのに。

でも、堀教授がそういう解剖をしないことは知っている。彼はいつも死体に耳を傾ける。深部に至るひとつひとつを丁寧に探っていく。

「本音を言うと、食事はなにも考えず短時間で済ませたいのです」

ようやく最後の層に達した堀教授が息を吐いた。

「パフェは食事じゃないですよ。高カロリーですけど」

「ええ、私は嗜好品《しこう》に時間をかけることの必要性がいまだにわからないです。注文してからけっこうかかったでしょう」

「えっ」と驚く。「じゃあ、なんで来たんですか?」

「別れた妻が好きだったんですよ。中野くんのように嬉しそうに食べていました。私はいつも苛々していました。この時間があれば、あれもできる、これもできる、と研究室に戻りたくて仕方なかった」

堀教授がスプーンを皿に置く。澄んだ金属の音がたった。給仕がやってきて音もなく皿を下げていく。食事はいつも、研究室に大量に常備してあるカップラーメンで済ませてしまうことを思いだす。

「この時間にどんな意味や価値があるか、今もやはりわからない。ただ、ここはここで完成されたひとつの世界です。彼らの仕事は優雅で無駄がない。それこそ、収蔵庫に保管された骨格標本のように」

そう言って、空いたテーブルのクロスを替える給仕の動きを見た。

「若い頃の私は違う世界に目を向けないきらいがありました。合理的であろうとすることは研究者として大事な姿勢ですが、それは必ずしも正解ではないんですよ。無駄だと思うことの中にヒントが隠れていることもあります」

「はい」とつぶやく。堀教授はうなずき、なにか思案するように黙った。

あたしを遠まわしに励ましてくれているのか、ただ話したい気分だったのか、どちらともつかなかったが、さっきまでのもやもやはいくぶんすっきりしていた。甘いパフェのおかげかもしれないけれど。

「先生、あたしじゃなくて奥さんをパフェに誘ったらどうです」

「奥さんではなく元妻です」

堀教授はそそくさと立ちあがる。耳がちょっと赤くなっている気がした。

ぎこちなく会計を済ませた堀教授とあたしを、給仕はやはりなめらかにエレベーターへと誘導してくれた。

馴染みの動物園に挨拶に行ってくると言う堀教授と別れ、新幹線に乗った。車内販売のカツサンドを熱いコーヒーで流し込み、宇野先生に頼まれていた論文を読んでまとめる。英文なので時間がかかり、気がつくと名古屋《なごや》を通過していた。あと三十分ほどだ。洗面所でメイクを直し、席に戻る。アナウンスの後すぐに窓が暗くなる。このトンネルを抜けたら京都だ。

ホームに着いた。降りかけて、鞄を抱いたまま席に座った。正和の住む大阪まで行ってしまおう。休日なので家にいるはずだ。いつも正和に来てもらってばかりだから。

「いま家だよね」とメッセージを送る。

きてくれるのは嬉しいのだけど、解剖の後だったりすると大変だ。風呂で髪まで洗って臭いを落として、部屋に散乱したものをクローゼットに押し込んで、いま帰ったところという顔で出迎えなければいけない。嬉しいけれど、焦る。爪先立つようなあの気持ちを、正和もちょっと味わったらいい。

そう思いながらアイフォンの画面を見つめ、既読がついたと同時に「東京土産もってくー」と打つ。ちょうど駅に着いたので新幹線を降りた。

苺のパフェのような、なにか心躍る美味しいものを二人でゆっくり食べたい。祇園祭も無駄と決めつけずに行けば良かった。

　もったりした暑さをかきわけてホームを歩いていると電話がかかってきた。「はい」と上機嫌で答えた瞬間、耳ににぎやかな音が流れ込んできた。はしゃぐ子ども、人のざわめき、なにかを威勢よく炒める音、酔っぱらいの笑い声、薄暗くなりはじめた空気に響いて、正和の声がよく聞き取れない。

「なに？　お祭り？」

大声で聞くと、急にくぐもった音になった。片手で口元を覆ったのだろう。

「あーいや、地蔵盆……」

正和の声がぼわぼわしている。

「地蔵盆？」

答えずに「華、いまどこなの？」と聞いてくる。

「新大阪」

沈黙。正和の背後だけが騒がしい。

「あのね、華、いま、そっち、いないんだ」

妙に一語一語区切りながら正和が言った。

え、と思う。地蔵盆って地域の行事じゃないの。そもそも、アパート暮らしの正和がどうしてそんなものに参加しているのかわからない。実家に帰っているってことだろうか。

その時、電話の後ろで「伊東くん」と声がした。

「くじ引きしちゃうね」

媚《こ》びた調子でも、よそよそしい感じでもなかった。でも、それは明らかに女性で、高くも低くもないその声は、なんだかすごく自然だった。

「あ、はい！　申し訳ありません。お願いします」

もれ聞こえてくる正和の声だけが変にかたくて、わざとらしい敬語は奇妙なほど間が抜けて聞こえた。

中華粥

白い店内はいつも甘い匂いがする。乳っぽさと果物の香りが混じった匂い。ガラスのショーケースが空でも、人をわくわくさせる空気がただよっている。

厨房から、銀のトレイを手にした景子《けいこ》が「お待たせ」とやってくる。コックコートからベリーを煮つめたような甘酸っぱい香りがした。彼女は休みの日でも試作と仕込みを怠らない。潔く刈りあげた襟足が涼しげだ。

マスカットのタルト、巨峰のムース、無花果のショートケーキ。生のフルーツを使ったケーキは宝石のようだ。持参したカメラで写真を撮る。角度と光の向きを変えてシャッターを切っていく。

「ごめんなあ、パソコンとか苦手で」

「ううん、こっちこそ素人撮影で申し訳ない」

景子のパティスリーのホームページは私が管理している。ウェブデザインのほうは本業ではないので凝ったことはできないが、やれないことはないので友人限定で依頼を受けている。季節の新商品がでるたびに撮影しに行くのはちょっとした息抜きになっていい。景子とはフリーターの頃にルームシェアしていたことがあり気心も知れている。

なにより、写真を撮ったあとはまだ誰も食べたことのないケーキを味わえる。

「マスカットの下、生クリームかと思ったらクリームチーズのクリームなんだ。合うね。白ワインのジュレもいい。あ、無花果のスポンジが紅茶味だ。あれ、この巨峰の下の白いムース、ねっとりしてる。ゼリー部分の食感もふるふるして……」

「白胡麻のブラマンジェ、そこはゼラチンやなくて葛粉つかってみてん。和菓子みたいやろ？」

「ほんとだね。まだ暑いからこういうのいいね。あー美味しい」

ため息がもれる。景子の菓子は甘さが控えめで果物のみずみずしさが生きている。

「残暑がこたえる歳やな」と、景子は同じ歳のくせに意地悪なことを言う。ケーキが美味しいので聞かなかったことにする。

「夕香《ゆうか》は昔から秋のフルーツが好きやな。もう少ししたら洋梨もやるで」

「モンブランの季節になるね」

「今年は和栗と洋栗の二種類やろかな。和栗は日本のウイスキーつこうて、ほうじ茶の生地や山椒《さんしょう》のメレンゲと合わせよかな。洋栗はスタンダードにラム酒やな。あ、チョコレート系にするんもええな。胡桃《くるみ》はバターケーキにして……」

とまらない。昔からケーキのこととなると寝るのも食べるのも忘れる人間だった。同じ歳でも私はもう景子みたいには働けない。

「そういや、餌付《えづ》け男子どうなったん？」

マスカットがぱきっと口の中で弾ける。噴きそうになったが、慎重に呑み込む。

「餌付けなんてしていないし、伊東くんは男子って歳でもない」

「へえー」と景子がわざとらしくにやにやする。

「今夜、飲みいかへん？　じっくり聞きたいわあ、その伊東くんとやらの話」

「あ、今夜はちょっと。もう唐揚げ用の鶏、解凍しちゃって」

景子が目を細くした。「唐揚げなあ」とつぶやく。

「年下の男にせっせと揚げもんするようなったら終わりやな」

ふざけて言っているとはわかっているがカチンときた。表情がかたくなるのを抑えられない。

「そういうんじゃない」

「せやけど、揚げもんは家でしない派やったやん。うちと暮らしてるときは」

「もう十年以上も前じゃない」

「ダンチュウとかの、男が喜ぶがっつりレシピで作るんちゃうやろな」

その通りすぎて言葉につまる。料理のレパートリーから読む雑誌まで把握している女友達の読みは恐ろしい。

「意識してんちゃうん」

私をからかいながらも、景子は原価計算をはじめた。

「そういうんじゃない」

くり返す。ただ、夏が終わる前に唐揚げとビールをしておこうかなと思っただけだ。確か伊東くんは明日が休みだし、今夜はのんびり夕飯が食べられるだろう。朝、今夜は唐揚げにしようかな、と言ったら喜んでいたし。

「ただのルームシェアには思えへんけどな。尽くしてるやん」

尽くす、という言葉にひっかかる。本庄さんと関係があったときも景子は苦虫を嚙み潰したような顔で言った。妻子ある男に尽くしてなんになるん。尽くすということは先に目的がないとしてはいけないことらしい。さしずめ私は原価計算ができない女だということなのだろう。

けれど、伊東くんになにか見返りを求めているわけではない。

景子は「あかんな、これやったら元とれへんな」とぶつぶつ言いながら携帯の電卓を叩いている。

「なんかさ……」と言葉を探す。「ＳＮＳ見てると、同じくらいで独身の人ってたいてい猫とか飼ってるんだよね」

「猫ぉ？」と言いつつ、景子は顔をあげない。

「この歳になると、自分のためだけに生きるのに飽きてくるんだと思う」

わからんなあ、というように景子が首を傾げた。ケーキのトップに飾られた無花果が、ゆるくなった生クリームをつたって皿に転がる。濡れた薄ピンクの断面が傷口のように見えた。

景子の店から自転車で帰る。バス停には観光客らしき人が並んでいた。行き交う言葉のほとんどが外国語だ。秋にかけてこれからますます増えるだろう。京都市内は自転車が一番いい。渋滞にも、バスの遅れにも、悩まされることなく移動できる。

ひんやりした土間に自転車を入れ、しばらく畳に寝転がる。風は吹いてきたけれど、日中の日差しはまだきつい。私の夏バテはお盆明け、五山の送り火が過ぎた頃にくる。もうすぐ夏が終わると、脳と身体が油断するのだろう。

今年の送り火は伊東くんと見た。近所のあちこちの窓やベランダに人の姿があって、黒々とした山に点った朱《あか》い火文字を眺めていた。先祖の霊を送る行事のはずなのに、自分自身が闇の中をただよい、遠い焚《た》き火を探す霊体になってしまったような心地になる。だから、一人では見ないようにしていた。ビールを飲みながら伊東くんに話すと、「高村さんはしっかりしてますけどね」と笑われた。「気がついたら霊になってるようなあやふやな感じはしませんよ」と。でも、迷子のような心もとなさは常にある。

送り火の後は町内の地蔵盆があった。一戸建ての町家に住む以上、町内会には入らなければならず、数ヶ月に一度は会議にも参加しなくてはいけない。あそこのマンションに外国人旅行者が出入りしているだの、あそこの飲食店は客のマナーが悪いだの、みんな噂話《うわさ》と悪口をさんざん言い、最後は「まあ、よう知らんけど」で幕が下りる不毛な会だ。伊東くんのことは親戚だと早々に報告してあった。伊東くんは地蔵盆の設営や子どもたちの催しなんかをせっせと手伝ってくれ、ビンゴ大会では米を当ててくれた。私は上白糖だった。

思えば、あの日から伊東くんの様子がおかしい。

地蔵盆の片付けの後は、豚バラの入った茄子の煮物で素麺《そうめん》を食べようと話していたのに、「すみません、ちょっと急用が入ってしまいました。夕飯は明日の弁当にします」と目も合わさず言った。「素麺を?」と訊き返したが、上の空で返事はなかった。慌てて身支度をすると家を飛びだしていって、朝まで戻ってこなかった。

それから、外泊が増えた。朝も帰ってこないことがあるし、深夜にでていくこともある。夕飯も誘わなくては家で食べなくなった。そして、表情が暗い。反応が鈍い。そういうときの男の人はパソコンに似ている。なにかまずいことが起きると処理速度がぐんと落ち、それでも作業を続けようとするとフリーズする。パソコンと違うのは再起動が面倒なこと。だから、なにも訊かないようにしている。

伊東くんはこのところ携帯を肌身離さず持っている。きっと異性関係のことだ。

「まあ、よう知らんけど」

近所の人たちの口癖を京都弁で真似てみる。便利な言葉だ。自分の気持ちにも、相手にも、やんわり線をひける。

起きあがって台所に行く。手を洗って、解凍した鶏もも肉と手羽先をボウルに入れる。割引きのときに買っておいたものだ。ほんとうは、揚げ物なら鶏むね肉の天麩羅《てんぷら》くらいが胃もたれしなくていいのだけど。

景子に言われた「尽くす」という言葉がまだひっかかっている。カチンとくるのは自覚があるからだ。けれど、解凍した肉を放っておくわけにもいかない。

意を決して、強めに塩をふり、卵と醬油と胡麻油を入れる。カレー粉も少し入れるのがポイントだ。醬油はニンニク醬油にした。ぐちゃぐちゃと音をさせて、よく揉み込む。下味がなじむまでの間に副菜を作る。粗みじんにしたゆで卵を入れたポテトサラダにはスライス玉ねぎをそえる。これは唐揚げの付け合わせ。あとは、オクラ納豆と焼き茄子。網で黒く焼いた茄子の皮を爪先で剝くのが好きだ。かすかに夏が名残惜しくなる。

生姜をすって焼き茄子にのせ、副菜を冷蔵庫にしまうと、仕事部屋に行ってパソコンを起動させた。

障子ごしにゆっくりと日が落ちていくのを頰で感じた。日増しに暮れるのが早くなっていく。うんざりするほど長く感じた夏も終わる。

景子の作ったケーキの写真を加工してホームページにアップして、単館系の映画館に頼まれたブックレットのデザインを仕上げると、伊東くんからメッセージが届いた。いまから電車に乗ります、とある。

仕事はここまでにして、メールチェックをする。本庄さんからのメールに一瞬だけ手が止まる。なぜ仕事用のアドレスに、と思ってひらくと、来月そちらに行くから打ち合わせがてら食事でもどう、といった内容だった。どうやら仕事の依頼のようだが、自分からの頼みは断らないと思っているのが文面の随所ににじんでいる。返信は明日にすることにしてパソコンをシャットダウンした。

頃合いをみて、鶏肉に片栗粉をふって混ぜる。揚げていると、伊東くんが帰ってきた。土間で「うわー、いい音、いい匂い！」と声をあげる。

「おかえりなさい」はまだ言ったことがない。伊東くんも「ただいま」とは言わない。

「揚げたての食べる？」と言うと、「もちろんです」と二階へあがっていった。

伊東くんが着替えを済ます間に揚げた鶏肉を休ませる。副菜を居間のローテーブルに運んでいると、降りてきた伊東くんが箸や取り皿をだしてくれた。

食卓を見て、「高村さん、茄子が好きですよね」と笑う。じわっと頬に血がいく。

「違うよ、もう終わるからだよ」

子どもみたいに言い返してしまった。

「えー好きですよね。特に焼き茄子、いつも最後のひとくち用に一切れ残しておくじゃないですか」

こういうところがあなどれない。

「伊東くんだって油や出汁を吸ったくたくたの茄子、好きじゃない」

「好きですよ。高村さんの作る茄子料理はおいしいですから」

すんなり認められてなんだか悔しくなったので、黙って唐揚げを二度揚げする。伊東くんは嬉しそうに居間と台所の境目に立って待っていた。

揚げたての唐揚げにかぶりつくと、中からあふれた肉汁と油が舌を焼いた。「あつっ」と同時に叫んで口を離す。こんがり茶色い衣からのぞいた白っぽい肉から湯気がたっている。私は副菜をつつきはじめたが、伊東くんは果敢に熱々の唐揚げに挑む。「あつ!」「うま!」と交互に言いながらどんどん食べる。

「かすかにカレーっぽい匂いしますね」

「カレー粉がちょっぴり入ってるの。昔のダンチュウレシピ」

「高村さん、グルメ雑誌のバックナンバーいっぱいありますもんね。仕事用かと思っていたんですけど」

軽口を叩きながら伊東くんがビールを注いでくれる。仕事部屋の壁のひとつは本棚になっていて、伊東くんもよく本や雑誌を借りていく。

「もちろん仕事だよ、仕事、仕事」と笑いながら手羽先を齧る。伊東くんはきれいに骨までしゃぶり、「あー、ビールがうまい」とうめいている。私も飲むが、どうもぐんぐん入っていかない。喉につっかえたようになって、かすかに鳥肌がたった。もうビールの季節ではないのかもしれない。

合わせて五百グラムも揚げたのに、伊東くんがほとんど食べた。やっぱ若いんだなあ、と思いながら油で汚れた皿を眺めていると、伊東くんがぼそりと「鶏肉かあ」と言った。

「あの、フライドチキン食ってるときに養鶏場の話する子ってどう思います？」と骨をじっと見つめる。

「私はそういうの別に気にしないけど。ジビエ料理の店とか、羽根をむしる前の野鳥を見せてくれるじゃない」

「ああ、女の人って強いんですね」と伊東くんが弱々しく笑う。女とか男とかの問題じゃないと思ったが言わずにいた。

「実は最近ちょっとヤバいんですよ」

「なにが」とビールを勧めると「今日はこれくらいにしておきます」と断ってから、「彼女にバレちゃって」と言った。軽薄ぶった口調に反射的に苛立つ。

「ばれた？　なにが？」

「えーと、この生活が」

　は、と思わず口が半びらきになった。この生活？　彼女がいて、隠していたわけ？　なにか言おうとした伊東くんを「いや、知らないから」とさえぎる。「私、訊いてないし。彼女とのことは伊東くんと彼女の問題でしょ」

「いや、でも、ちょっと変わった子で……」

　伊東くんは深刻な顔でなおも続けようとする。空いた皿を持って立ちあがった。

「知らないってば。そもそも、伊東くんに恋人がいるかいないか、私が確認すべきことだったの？」

巻き込まれるのは迷惑。そこまでは言わなかったが、背を向けたので伝わっただろう。皿を下げていると、伊東くんは「すみません」とうつむいたまま言った。

「洗います」と流しに立つ。私は揚げ油の片付けをした。ぎこちない空気を水音がわざとらしくかき消していった。

その晩、遅くに伊東くんが階段を降りていく気配がした。玄関のドアが開いて、閉まる。彼女のところに行ったのだろう。半分眠りながら、やっぱり彼女がいたのか、と思った。近々でていくのかもしれないな。

ゆっくりと眠りに落ちていく。きっと、いまなら、まだ傷つかない。

なにに？　内側からの声を無視して寝ることだけに集中した。

息苦しい熱さで目を覚ました。身体が重い。

ぜいぜいと息を吐き、熱さではなく痒さだと気づく。全身の皮膚が痒みで疼《うず》いてじっとしていられない。胸や腹を掻きむしると、ぞくっと悪寒がした。

痒い、痒い、痒い。痒さで頭がいっぱいになる。怖くて鏡が見られない。

なにかあたるようなものがあっただろうか。油が古かったのか。部屋はまだ薄暗い。携帯を見ると、朝の四時半だった。起きあがり、階段の踊り場から伊東くんの部屋に声をかける。返事はない。数センチあいた隙間からのぞくとベッドはぽっかりと暗かった。非常識な時間だとは思ったが、念のため伊東くんにメッセージを送っておく。

仕事部屋の薬箱からアレルギーの薬をだして飲む。ようやく頭がはっきりしてきて、季節の変わり目にときどき蕁麻疹《じんましん》がでることを思いだす。そういえばビールもあまりおいしく感じなかった。

冷凍庫から凍った保冷剤をだして痒いところに当てながらベッドに戻った。保冷剤は冷たくて心地好いがちょっと冷凍庫臭かった。時折、猛烈な痒みに襲われ、薄掛けを足で蹴り飛ばす。何回も寝返りを打つうちに夜が明けてきて、部屋が薄明るくなった頃にようやく痒みがひいていった。

家の中で誰かが動いている気配で目をあけた。もう昼を過ぎているのか、カーテンをものともしないふんだんな陽光が部屋を満たしていた。喉が腫れぼったい。唾を飲むとかすかに違和感があった。微熱はまだありそうだ。夏風邪か秋風邪のどっちだろう、とぼんやり考える。ネットで拾った秋バテという単語も浮かぶ。

携帯には伊東くんからのメッセージがきていた。彼は特に異状なかったらしい。心配していたので「今日は寝ています」と送ると、階下の音が一瞬とまった。同じ家にいて携帯で連絡を取り合うのも妙なものだ。

朝方に持ってきたペットボトルの水でアレルギーの薬を飲み、また横になる。葛根湯《かっこんとう》も欲しかったが、下に取りにいくのも伊東くんに頼むのも気がひけた。目をとじ休息に徹することにする。今日くらい仕事を休んでも大丈夫だ。本庄さんからは返信が遅いことで軽い嫌みを言われるかもしれないが。健康管理も仕事のうち、が昔から彼の口癖だった。

階下からはまた物音が響きだした。台所にいるようだ。騒々しいな、と思ったが、人の気配に安心してもいた。弱っているのだろう。目をとじると、悲しくもないのに、片目から涙がひとすじ流れた。

夕方、ささやくような声が聞こえた。「高村さん」と伊東くんが呼んでいる。

ベッドから起きあがり、「はい」と言うと、「調子どうですか?」と返ってきた。襖の向こうから「お粥《かゆ》くらい食べませんか」と声がする。

「お粥?」

「はい、作りました」

いらない、と言おうとしたら不覚にもお腹が鳴った。聞こえはしなかったと思うが、恥ずかしくて反応が遅れる。

「高村さん？　蕁麻疹ひいたなら、なにか食べたほうがいいですよ」

「わかった」と言うと、「じゃ、用意しますね」と弾んだ声がして階段を降りていった。

カーディガンをはおり、ぼさぼさの髪をひとつにまとめる。リップクリームは塗ったが化粧をするのもおかしい。年下の男性にやつれた顔を見られるのは嫌だな、と思う。

のろのろと下へいくと、胡麻油の香りがした。ローテーブルの上のお椀は、象牙色のとろっとした液体でなみなみと満たされ、湯気がたっていた。海産物の出汁の匂いもする。

「干し貝柱、使っちゃいました」

「これって……」

米のかたちがすっかりなくなった粥を木のさじですくう。

「はい、中華粥です。唐揚げが載っていた雑誌にあったので作ってみました。米に油をまぶすんですね」

そう、だから病人には向かないお粥なんだけど。卓上にはラー油や葱や揚げワンタンの皮なんかがある。葱ならともかくそんな油っぽいもの無理だよ。白粥に梅干しくらいでいいのに、やっぱり男料理だ。看病というものを異性に期待したことがない。でも。

「時間かかったんじゃない？」

「そうですねえ」と伊東くんが困った顔で笑った。「三時間……いやもっとかかりましたね。慣れてないから。すみません」

首をふって、「いただきます」とひとくちすする。干し貝柱の旨《うま》みが舌にじんわりしみる濃厚な米のポタージュ。「おいしい」と声がもれた。

湯気の向こうで伊東くんが顔をくしゃくしゃにして笑った。あ、と思う。人って褒められるとこんな顔をするんだ。なんだか視界が晴れていくようだった。

もっとその顔を見たくて、もう一度「おいしい」とつぶやいた。

三色弁当

中学だったか、高校だったか、弁当箱をだし忘れたことがあった。

両親は共働きだった。毎朝、母親は、父親と姉と俺と自分の四人分の弁当を用意した。俺のは弁当に加えて、部活の前に食べるおにぎりもふたつ。最大容量が五合半の炊飯器は一回で空になり、朝飯は弁当のおかずの残りとトーストというちぐはぐなものだった。あの頃は本当によく食べていて、昼食の時間まで耐えられずいつも二時間目の終わりに購買で菓子パンを買っていた。

父親は「母さんの負担を減らせ」と食べ終えた弁当箱を自ら率先して洗った。思春期まっただなかだった姉は父親とは口をきかなかったものの、帰宅すると黙って弁当箱を洗っていた。

そういえば、クールな優等生だった姉と高村さんはちょっと似ている。「なにやってんのよ、あんた」が口癖で、いつも俺を小馬鹿にした目で見ていたが、なんだかんだ面倒見が良く、「ほら、弁当箱だしな」と俺の分まで洗ってくれる時もあった。俺への優しさではなく、母親のためだったのだろうが。俺はたいてい夕食の後を見計らって弁当箱を流しに放置した。母親が洗ってくれるのがわかっていたから。

ある日、食べ終えた弁当箱を鞄の中に入れたまま忘れた。気付いたのは次の日の朝、まだあたたかい弁当包みを鞄に突っ込もうとした時だった。しょっちゅう俺が洗い忘れるので、弁当箱はいくつかあった。帰ってきてからなんとかしようと、床に置いたまま学校へ行き、そのまま忘れた。ベッドの下に埃まみれの弁当箱を見つけたのは、三ヶ月以上が経過した後だった。

俺は甘い煮豆と茹ですぎたブロッコリーが苦手で、残した記憶がおぼろげにあった。中でどうなっているのか考えるとぞっとした。こっそり洗ってしまおうかと思ったが、蓋を開けるのが怖い。腐敗してどろどろに溶けているかもしれない。黴だらけかもしれない。触りたくない、嗅ぎたくない。ぐずぐずしているうちに、勘のいい姉が「あんた、弁当箱どこやったのよ?」となくなっていることに気がついた。

「さあ」とテレビに集中するふりをした。「さあって、一番でかい弁当箱がずっとないんだけど。あれ使うのあんただけでしょ」と姉は追及の手をゆるめない。「知らねえ」の一点張りで目を合わせずやり過ごしたが、心臓はばくばくしていた。こっそり外で捨てようにも弁当箱自体に触りたくない。ベッドの下を気にしながら嘘をつき続けた。学校にいても、いつあの弁当箱が発見されるか気が気ではなかった。

最近、あの弁当箱のことをよく思いだす。後ろめたい秘密を抱えたまま何気なく暮らす状態がよく似ているからだろう。

地蔵盆の日、大阪にいると華から電話があった時、全身の血がさっと冷たくなった。町内会のかき氷より、怪談より、残暑に効くと思った。自転車で彼女のアパートに向かいながら、必死に嘘のストーリーを組みたてた。

どうして京都に引っ越したことを秘密にしていたの、と華は大阪で買ってきた豚まんを頬張りながら言った。箱ごと豚まんを押しやってきたので、ちょっとほっとした。食欲はなかったが、さりげなさを装うために豚まんに手を伸ばした。「いや、隠していたわけじゃなくて、それとなく相談はしたんだけど」と辛子を塗る。華が何か言い返してくる前に「でも、華すごく忙しそうでさ」と畳みかけた。

ごくん、と華の喉が鳴る。「それは、ごめん」と、ちょっと目を逸らす。俺とのことを疎《おろそ》かにしていた自覚はあるようだった。「だからって、なにも言わないって、なくない？」と睨みつけてくる。

「実は先輩の家でさ」と組みたてたストーリーをたんたんと話す。先輩と一緒に住んでいた人が突然出ていってしまい、一軒家だし家賃で困っていたから俺が住むことになった。急な引っ越しだった上に、古い商店街が町内にある地域だから行事でいろいろ忙しくて、報《しら》せるのが遅くなってしまった。せっかくだから会って話そうと思っていた。同じ京都なら華にも会いやすくなるし。本当は華と住みたかったんだけど、と付け加えるのも忘れなかった。

華はもくもくと豚まんを咀嚼していた。聞いているのか、何か考えているのかわからなくて落ち着かない。早口にならないように話して、豚まんを機械的に口に運んだ。餡《あん》の肉汁に臭みと脂っぽさを感じた。高村さんの手作り水餃子が食べたい。挽肉がぜんぜん違う。せめて、黒酢をつけてさっぱりさせたいが、華の台所には酢すらあるかどうか怪しい。

「その先輩って」

豚まんを食べ終えた華が、最も恐れていたポイントを突いた。

「前にオールしていた、元バイト先の人？」

「え」と声がでてしまう。そんなこと言っただろうか。

「ほら、終電逃したっていう」

思いだした。

「ああ、あーそうそう。うん、大学生の時にバイト先で世話になった人」

嘘は言っていない。「ふうん」と華は探るように言う。いや、そう見えているだけかもしれない。だんだん不安になる。俺が忘れているだけで他にも何か高村さんについて言ったのかもしれない。

そういえば、あの弁当箱はどうしただろう。開けたか、捨てたか、見つかったか、なぜか思いだせない。

「なんて人？」

「高村さん」と正直に答える。どこかで聞いた覚えがある。絶対に隠したいことがある時は本当のことを混ぜて話したらいい、その方が自然になるから。「華」と笑顔を作る。「今度、紹介するよ。いい人だよ、ただちょっと忙しい人だから、なかなか難しいかもしれないけれど」

「うん」と華は言った。「でも、どっちでもいいよ。よく知らない人だし」とペットボトルのジュースを飲む。それから「じゃあ、これからはしょっちゅう会えるね」と俺を見た。白い歯がこぼれ、人工的な甘いフルーツの匂いがした。

あの日から、華は帰宅すると連絡を寄越すようになった。なんとなく来ることを期待されているような気がして行ってしまう。負い目があるせいかもしれない。華の動向を、表情を、何か察していないか、変化はないか、確認したくなって夜の道に自転車を走らせる。どんな関係にも、力関係はある。恋愛関係だって例外じゃない。京都に引っ越したことを黙っていたという事実は明らかに非難されるべきことで、俺の劣勢が続いている。

京都の夜は暗い。特に、鴨川を越えて、華の住む左京区《さきょう》に入るといっそう暗い。そして、街中より温度も低くなる気がする。日増しに冷たくなっていく空気の中、アパートの小さな明かりを目指して進んでいると、町家に残してきた高村さんのことがよぎった。

残してきた、という表現は正しくない。そんな風に言ったら高村さんは怒るだろう。けれど、高村さんが作った料理の配膳を手伝い、湯気のたつ食事を二人でとり、片付けをすると、二人の家という空気ができる。そこから、自分だけ他の家へとそそくさと出ていくのが、悪いことをしているように感じてしまう。たとえ、それぞれの部屋で過ごしていても、高村さんが仕事部屋に籠っていても、華からの連絡に応じて出る時は忍び足になるのを止められない。

高村さんは何も訊かない。朝帰りをしても、詮索されることも嫌みを言われることもない。けれど、俺に関心がないわけではないのはわかる。その証拠に、帰るとローテーブルの上には必ずメモが残されている。ほとんどが食事に関することだけど、無言の圧を感じる。

正直、朝帰りはつらい。大急ぎでスーツに着替えて、駅へと走る。華の帰宅が遅いので睡眠時間も削られるし、タッパーにおかずを詰める時間もなく、高村さんが作りおいてくれたおにぎりだけを持って出ていく。おにぎりのみの昼飯は味気ないのに、体重は増えた。腹まわりに肉もついた気がする。華に付き合って深夜にコンビニ弁当やインスタント食品、デリバリーピザなんかを食べてしまうせいだ。体型の変わらない華に、二十代と三十代は違うのだと地味に傷つく。

営業所の机で溜息をつくと、「いとーくん、どうしたの」と支店長がおずおずと訊いてきた。単身赴任の彼はトウモロコシご飯をあげてから、おにぎりを作って持ってくるようになった。「米だけでも自分で炊いてみたら、やっぱり店のとは違ったよ」と言っていた。

「彼女と喧嘩《けんか》でもした？」と、俺の手の白いおにぎりを見てふりかけの瓶を勧めてくる。ありがたく使わせてもらう。かけたてのふりかけは胡麻や海苔《のり》がぱきぱきしておいしい。

「不倫とかしてる奴って疲れないいんですかね……」

ぼそりと洩らしてしまう。支店長はぎょっとした顔をして、野菜ジュースを飲む事務の女の子を窺いながら声をひそめる。

「えっ、えっ、いとーくん……えー」

大丈夫だ、若い彼女は俺らなんかに興味はない。

「ぼくは結婚もまだなんで違いますよ。ただ、帰る家がふたつあるって疲れないのかなって思ったんです。器用で体力ある人しか無理じゃないですか」

「ああ」と支店長はがっかりしたのか、ほっとしたのか、どちらともとれない笑みを浮かべた。

「不倫はどうかわからないけど、家っていう感覚を持てる場所はひとつじゃないかなあ。器用さと感情はまた違うと思うよ」

「え」と顔をあげてしまった。

「まあ、私はね。やっぱりこっちのマンションは家って感じはしないから」

そう言って、寂しそうに笑った。

俺にとっての家はどっちだろう、と思った。心は華にある。身体だってそうだ。そもそも、それらは高村さんには望まれていない。けれど、生活はあの町家にある。穏やかで居心地の好い暮らしがある。じゃあ、感情は？　生活に宿るのか、心に宿るのか。

迷うことに混乱した。だって、高村さんは恋人でも家族でもない。残りのおにぎりを呑むように食べて、「外回り、行ってきます」といつもより早めに立ちあがった。

高村さんに連絡をして、その日は遅くまで仕事をし、華と待ち合わせて食事に行った。そのまま、一緒に華のアパートへ帰り、「狭いね」と言い合いながらシャワーを浴びた。

濡れた身体のままキスをして、ベッドで抱き合った。終わった後に、華が裸のままごそごそリュックをかきまわして、合鍵をくれた。「寒い」と布団にもぐる照れくさそうな顔を見て可愛いと思えたし、そう思えた自分に安心した。

次の朝、町家へ着替えに戻ると、おにぎりはなく、タッパーにご飯が詰められて置いてあった。そばにボウルが並んでいる。茶色と黄色と緑色のものがそれぞれ入っている。ネクタイを締めながら覗き込むと、仕事部屋の障子が開いて眼鏡をかけた高村さんが顔をだした。顔色で徹夜していたのだとわかる。

「鶏そぼろと卵とほうれん草、ご飯に好きなだけのせて。それだったら詰めなくていいから楽でしょ。そのままレンジで温めて食べられるし」

「三色弁当、懐かしいですね」

タッパーを手に取る。まだ温もりが残っている。

「ほうれん草なんですね、うちはなんかぱりぱりしたのでした」

「きぬさや、かな。うちもそうだったかも」

「あれ、味なくないですか」

「色はきれいだけどね。でも、ほうれん草のほうが栄養ありそうだし」

話しながら、スプーンですくってご飯に盛る。ついつい多くのせすぎてしまう。蓋で押しつけるように閉めて「ありがとうございます」と立ちあがる。朝がずいぶん冷えるようになったんだなと気付く。熱いほうじ茶をすすりたい気分だった。

けれど、もう時間がない。

もこもこのフリースを着込んだ高村さんが「気をつけてね」と仕事部屋へ消えた。

「いってきます」を飲み込んで「はい」と答えて、数分前に通ったばかりの玄関へと向かった。

タッパーの蓋を開けると、支店長が目で「いいね」と言ってきた。三色の具でぎっちりと埋められている。鶏そぼろは刻んだ茸《きのこ》が入っていて、ちょっとピリ辛だった。卵は錦糸卵でしっとりと柔らかい。ほうれん草は胡麻油でナムルにしてあった。ただのせただけなのに満足感がある。

自然に感謝の気持ちがわいた。いつも作ってもらってばかりだから、食事にでも誘おうと定時で帰った。ひさびさに二人で「瑞穂」へ行くのもいい。早足で町家へと急ぎ、玄関を開けると、台所で高村さんが振り返った。

あれっと思う。いつもと違う。

なんだかつるっとした素材のワンピースを着ていた。いつもはひとつ結びの髪も下ろしてゆるく巻いている。顔も違う。目元や唇が大人っぽい。化粧をしていることに、数秒遅れて気付く。華みたいにピンクや赤じゃなく、深い落ち着いた色合いだったので、すぐにそれとわからなかった。

「あれ、どうしたんですか」

口にして、失礼だったと焦る。高村さんは気にした様子もなく、「ちょっと会食」と居間へ行き、トレンチコートをはおった。ハンドバッグの中を確認して金具の音をたてて閉じる。

「冷蔵庫にあるもの適当に食べていいから。コンロの鍋に豚汁もあるし」

「あ、大丈夫です。俺もでますから」

なんだか張り合うように言ってしまう。ばつが悪くなり「仕事ですか」と訊く。

「うん、東京から昔お世話になった人がくるの。この時期を狙ってきたんだって。名残の鱧《はも》と初物の松茸《まつたけ》で鱧しゃぶがしたいみたい」

相手はバブル世代のグルメおじさんだろうか。大人の雑誌に載っていそうな選択だ。

「いいですね、ご馳走《ちそう》じゃないですか」

高村さんはちょっと首を傾げて曖昧な表情を作り、「そうね」と笑った。普段とは違う雰囲気に思わず目を逸らしてしまう。

「楽しんでくる」

高村さんは俺の横を通り過ぎて玄関へと向かう。コツコツというヒールの音が土間に響いた瞬間、「あの」と声をかけていた。

「明日は休日ですし『ひまわり』のパン買ってきましょうか？　たまには焼きたてパンで朝ごはんしません？」

「ひまわり」は左京区にある、高村さんの好きなパン屋だ。天然酵母や米粉を使った優しい味のパンが多く、とても美味しいが、夫婦二人で少量しか作っていないため、すぐに売り切れてしまう。わざわざ行くには遠いが、華のアパートからだったらまだ近い。高村さんは足を止め、思案するように顎に片手を触れた。

「ごめん、ちょっとどうなるかわからないから。また今度」

さらりと言うと、「ありがとう」と付け足して出ていった。格子を影が横切っていく。足音が遠ざかると、急に室温が下がった気がした。ぶるっと身震いしてストーブの温度を上げる。

どうなるかわからない？　仕事相手なのに？　それとも、仕事相手ではないのだろうか。そもそも仕事の話をしにいくにしてはお洒落だったたし、鞄も財布くらいしか入らないような小さなハンドバッグひとつだった。

もやもやしながらコーヒーを淹れ、ソファに寝そべって時間を潰した。鱧か。松茸か。料亭で日本酒に頰を染める高村さんが浮かんだ。夜が更けてくると、華のアパートへ行った。LINEをしても既読がつかないことから半ば予想はしていたが、アパートに華はいなかった。朝よりベッドが乱れていて、服も散乱していた。昨夜食べたスナック菓子の袋とプリンのプラスチック容器がまだテーブルの上にあったので、ゴミ箱に入れる。部屋のゴミもまとめようと思ったが、ちょっと気がひけた。

とはいえ、華のいない、華の部屋は暇だった。どこまで触っていいかわからないし、どこまでくつろいでいいかもわからない。テレビを見ていても、どこか落ち着かない。

十一時を過ぎた辺りで眠くなってきた。眠気覚ましにシャワーを浴びて、ついでにユニットバスの掃除もした。洗面所のまわりに華の茶色い毛髪がいっぱい落ちているのがずっと気になっていた。

ドライヤーを借り、身綺麗になると、少し部屋が自分に馴染んできたように思われた。その矢先にスマホの通知が鳴った。華からのメッセージだった。

――ごめん。帰るの朝になるかも、寝てて。

二回ほど見返して、返信しようか迷った。きっと返信しても朝まで読んでもらえないだろう。一晩中仕事をして疲れて帰ってきた時、俺が寝ていたら嫌な気分にならないだろうか。そして、また前のように徹夜明けでラーメンとか食べにいくのか。身体を壊してしまう。

冷蔵庫を開ける。がらんとした空間に、脱臭剤とマーガリンとマヨネーズ。食材らしいものは何もない。流しの下の扉を開ける。プラスチックの米びつがあった。その上に無理やり段ボールが詰め込まれている。段ボールの中にはフリーズドライの味噌汁やスープ、缶詰やティーバッグの紅茶や緑茶や芋けんぴなんかが入っていた。母親からの小包なのだろう。

米を洗って炊飯器にセットして、パーカーをはおってコンビニに行った。

ほとんど新品のフライパンで卵を炒《い》る。炊きあがった米をサラダボウルによそって、段ボールから見つけた鮭フレーク、コンビニで買ってきた高菜をのせていく。高菜も鮭フレークも味が濃いからあまりたくさん使わない方が良さそうだ。炒り卵が足りない。もう一個、卵を割って炒る。今度は多すぎた。バランスが難しい。白い米部分をもくもくと具で埋めていく。

ひどい手際だったが、なんとかあるもので三色丼ができた。色合いがいまいちはっきりしない。余った炒り卵を食べてみる。混ぜが足りなかったのか、塩っぽい部分や白身だけのかたまりがある。おまけに全体的にぱさぱさしている。

でも、鮭フレークと高菜は問題ないはずだ。多く炊きすぎたご飯を一食分ずつラップして、華にメモを残して部屋を後にした。

もう三時を過ぎていた。通りは静かで、冷え込んでいた。吸った空気が鼻の奥で鉄の味に変わる。

町家は真っ暗だ。自転車を土間に入れていると、背後からまばゆい光がさしてタクシーが停《と》まった。

ドアが閉まる音がしんとした町内に響く。タクシーから降りた高村さんが「あ」と呟いた。

「やっぱりパン買ってきてって送ろうと思っていたのに」

ヒールを鳴らしてやってくる。

「帰ってきてしまいました」

そう言うと、「私も」と笑った。髪が揺れ、高村さんの首筋から嗅ぎ慣れない香りが夜闇に散った。家とは違うボディシャンプーの匂いだった。

高菜漬

ぶどうパン

女の勘、なんていう生々しい言葉は、あたしには無縁だと思っていた。そもそも勘という言葉が非科学的だ。この世のどこかにあったとしても、科学者であるあたしにはふさわしくない。

堀教授はあんがい勘に対して肯定的だ。集積された経験値が無意識の領域でなんらかのサインをくれるのが勘なのではないかと言う。だから、経験をつむ必要があるのです、と。

どんどん死体を受け入れる。どんな死体も膨大な謎を隠し持っている。それをすべて解き明かすことは難しい。腐敗し、劣化していく死体のまずどこに着眼するかで、得られる結果は変わってくる。でも、それは勘というより観察眼とセンスのような気がする。

対象への興味が深いほど、観察眼は鋭く的確に働く気がする。すると、最近のあたしは正和に対して強い興味を抱いているということか。こんなにも「なんか変」という女の勘がびりびり反応しているのは。

いや、違う。

腕から顔をあげると、蛍光灯の光が白く目を刺した。大型動物たちの骨があたしを見下ろしている。骨格標本室の埃っぽく乾いた空気で喉がひゅっと張りつく。パイプ椅子に再び突っ伏して、しばらく咳き込んだ。

乗馬クラブから引き取ったウマを解体していたら明け方になってしまった。家に帰ったら正和がいるかもしれない。「今日は遅くなる」とメッセージを送ると、正和はたいてい自分の家に帰ってしまうが、気を遣ってか「今夜は帰るね」は置手紙で伝えてくる。要するに、あたしは家に帰るまで正和がいるかいないかわからない。いるならば、簡単な化粧直しくらいして帰りたい。

待っていてくれると嬉しいけれど、体調や睡眠不足を心配されるとちょっと困る。笑顔をつくるにも疲れすぎている。かといって、正和がベッドでぐうぐう寝ていたら、なんとなく腹がたつ。半同棲状態になるまで正和がいびきをかくことなんて知らなかった。あたしの狭いアパートではいびきからの逃げ場がない。明け方に帰っても、シャワーを浴びて数時間寝て、昼前には研究室に戻らなくてはいけない。いびきに睡眠を邪魔されるのも、出勤する正和を見送るのも、正直言ってしんどい。それが、顔にでてしまうことが怖い。

だから、こうやって正和が出勤する時間になるまで待っている。

骨格標本室は寒い。誰も呼吸をしていないからか。未来永劫《えいごう》、体温とは無縁といった徹底した温度の無さに満ちている。肉も毛皮もない骨の林は静かで落ち着くけれど、静けさにはもれなく寒さもついてくる。ひざ掛けを床に敷き、作業着と雨合羽を毛布代わりにしていても、まったく暖まらない。解体作業をはじめる前に背中に貼りつけた使い捨てカイロは、とっくの昔に温度のない砂になっている。

それでも、うとうとと眠気はやってくる。

どうして合鍵を渡してしまったんだろうと思う。

正和が住んでいるという町家に帰って欲しくなかったからだ。理由はない。なんとなく、体が、肌が、帰って欲しくない、と反応した。言葉にしたわけではないのに、正和もしょっちゅううちに来てくれるようになった。狭いベッドで一緒に眠ると窮屈なのに、いないと空虚に思えるようになってきている。この変化がすこし怖くて、あたしはときどき距離を取ろうとしてしまう。今みたいに。

骨が鳴る。元は神経や血管が通っていた無数の穴が、風を通して震えて歌う。この部屋には風なんてないのに。いや、骨の穴が音を吸い込んでいるのかもしれない。これは静けさの音なのか。目を閉じていると、音とも気配ともつかぬものが小さく鳴るのを感じる。

まだ暗い明け方に光ったアイフォンを思いだす。正和を呼ぶように、眠る彼の頭のそばで、鈍く唸《うな》りながら光を放った。正和の肩に頬をつけて眠ろうとしたが、目が変に冴《さ》えてしまった。「ねえ、電話。なんか、きていたよ」揺すると、眠そうにアイフォンに手を伸ばした。寝ぼけているのに、しっかりあたしに背を向ける。ちらっとアイコンが見えた。ケーキのようだった。白い生クリームと果物らしき透明感のある画像。画面の半分ほど文字がずらっと並んでいる。ぱたんと正和がアイフォンを伏せた。思わず寝たふりをする。「迷惑メールだったよ」聞いてもいないのに、そう言って正和は腕をまわしてきた。違う。LINE画面だった。そして、上にやりとりのふきだしがあった。前にも連絡をとっている相手だ。もやもやしながらも寝たふりを続けた。正和の呼吸は静かだった。静かすぎた。いびきが聞こえない。眠っていないのだと気づいた。部屋が明るくなると、正和はそそくさと帰っていった。あの日、はじめて「帰したくない」と意識した。

これは女の勘なんかじゃない。正和は変だ。夜、ニンニク臭い息でやってくると、追及したい気持ちで苛々する。キスをすればわかる。店で食べた臭いとはどこか違う。実家のようなひなびた臭いが正和からはたまにする。一緒に住んでいるコウムラとかいう先輩は忙しい人だと言っていたから料理なんてするわけがない。正和はなにか隠している。仮説を立てたら、慎重に立証していかなくてはいけない。論文のように筋道をたてて。

でも、ちょっと面倒くさい。見つけたくない。知りたくない。こんなことでわずらわされるのは鬱陶しい。正和が憎いのか、恋しいのか、わからなくなる。こういうぐちゃぐちゃした感情は苦手で、やっぱり憎いのかもしれないと思う。

ぎし、とパイプ椅子が軋《きし》んだ音をたてた。上半身がずり落ちかけていた。アイフォンを見る。いつの間にか寝てしまって、もうとうに正和が家を出ていく時間を過ぎていた。寒気が尾てい骨から背筋を這いあがり、ぶるっと震える。このままでは風邪をひいてしまう。

立ちあがると、足が痺《しび》れていてよろめいた。びりびりする片脚を引きずりながら、収蔵庫を出る。

渡り廊下を歩いていると、農学部のともちゃんに会った。バイク通学なのか分厚いグローブを外しながら「おいおい、どこいくの」とハスキーな声で話しかけてくる。「そっち購買じゃないでしょ」

「なんで購買だと思うの」

「徹夜明けの血糖値下がりまくった真っ白な顔してるから」

「ばればれだね。お弁当買いにいく」

構内では売ってはいけない決まりがあるのか、大学にあるあちこちの門の外にはお弁当売りが集まる。発泡スチロールの箱にぎっしり詰まったお弁当は種類が豊富で温かい。

「まだ早いでしょ。昼前にならないとこないよ」

「そうなの？」

また寒気がきて、ストール代わりに肩にかけた作業着を首元に寄せる。

「うー寒い」

「建物が古いから底冷えするよね」

「国立は貧乏でつらいねえ。解剖室なんて水流したら冷蔵庫みたいだよ」

言いながら、あたしの格好はホームレスみたいだと思う。冬本番になったら、段ボールとか新聞紙とか敷いて寝かねない。

「牛舎の藁をあげようか」

「癖になりそうだからやめておく」

「そんな薄着だから。見てるだけで寒い」

ともちゃんはぶつぶつ言いながらリュックを降ろして黒のダウンを脱いだ。「ほら」と押しつけてくる。

「これ着てなんか食べにいきなよ。華ちゃん、どうせ汚せないようなコート着てきたんでしょ。これは洗えるやつだから。私はすぐつなぎに着がえるし」

その通りすぎて言葉につまり、「ありがと」と受け取る。新調したばかりの、腰にリボンベルトのついたコートを着てきてしまった。背の高いともちゃんのダウンはあたしには大きく、すっぽり包まれると温もりで立ったまま眠ってしまいそうだ。

「最近、なんかめかしこんでない？　彼氏の影響？」

「うん……なんかこっち引っ越してきたんだよね。帰りとかに食事に誘われたりするから」

「ふーん、めんどいね。ここじゃすっぴんに部屋着でもなにも言われないのに」

化粧をしたともちゃんはけっこう美人なのに、構内ではほとんど見たことがない。ぼさぼさの髪を無理やりひとつに束ねて、いつも眼鏡をかけている。

「ねー」と覇気のない相槌を打つと、ともちゃんが「一緒に住めば慣れるんじゃない？」とさらりと言った。

「え」

「すっぴんとか、まあ、こういう格好とかさ。見るのも、見られるのも、慣れるでしょ」

とあたしの作業着を指す。

慣れあっていいものだろうか。でも、確かにもう慣れはある。前は汚い部屋を見られるのも嫌だったが、最近は気にならなくなっている。あたしがいない間に風呂掃除とか冷蔵庫整理とかされるのには、まだちょっと抵抗があるが、助かるなとも感じる。正和はどう思っているのだろう。返答に窮していると「とりつくろっても長く続かないよ」と言われた。

「とりつくろってんのかな」

「素を見せてはいないよね。無理していたら、無理することに疲れてさ、関係性に疲れを覚えているような錯覚をしちゃう気がする」

「それ、嘘もかな」

「え」

「嘘ついていたら、それを隠すことに疲れて、嫌になってくるかな」

ともちゃんはちょっと眼鏡の縁に触れて、「嘘とは言ってないよ。華ちゃんは嘘をついているわけじゃなくて、相手に合わせようと努力しているだけだよ」と生真面目に的外れなことを言った。「ん、ありがと」と笑っておく。これもとりつくろっているに入るのだろうか。人といると、どうしたってそういう瞬間はある気がする。

渡り廊下に吹き溜まった落ち葉が、ざざと波のような音をたてた。「まあ、でも」と、ともちゃんがしゃがれた声で笑う。

「ちょっとでも無理しなきゃ彼氏なんてできないよね」

「ともちゃん、欲しいの？」

「いや、家畜で手一杯」

きっぱりと言うと、「じゃあ」と蔦の校舎のほうへ曲がった。「あとで返しにいくね」と叫ぶと、片手だけふり返してきた。

ダウンの前をぎゅっと合わせて、自転車置き場へ向かった。

確か、大学とあたしのアパートのちょうど真ん中辺りだったはず。おいしいパン屋があると正和に聞いた。天然酵母を使った優しい味のパンだそうだ。揚げ物や油っぽい炒め物が入ったがっつりしたお弁当は昼ごはんにして、焼きたてのパンでも買いにいこう。ともちゃんのふかふかのダウンに包まれていると、そんな気分になった。

学生たちの群れに逆行しながらロードバイクをこいで、住宅街に入る。急にひと気がなくなる。茂った庭木から鳥が飛びたった。古い日本家屋が多い。アイフォンの地図を片手にロードバイクを押して進むと、石塀の角に見落としてしまいそうな小さな看板があった。ペンキの手書きで「ひまわり」と書いてある。いびつな赤い矢印のほうへ曲がると、路地の奥にオレンジ色のひさしが見えた。

古い平屋にくっつくようにして造られた、仮設住宅みたいな店があった。トレイに並ぶパンがガラス窓ごしに見える。

　サッシ戸をひいて入ると、芳ばしい匂いの空気にふわっと迎えられた。中は狭く、三人も入ればいっぱいになってしまう。レジの向こうの銀色の厨房から「いらっしゃいませ」とエプロン姿の女性がやってきた。奥ではがっしりした体格の男性が生地をこねている。「あ」と軽く頭を下げ、商品棚に目を走らす。どれも二つ、三つしかないけれど、種類は多かった。アレルギー表示が手書きで細やかに書かれている。

「米粉で作ったあんパンがうまいんだよ」と正和は言っていた。でも、その隣のカボチャあんが入ったものにも惹かれる。こんがり狐《きつね》色に焼けたクリームパンも、たっぷり自家製カスタードクリームが詰まっていますと言いたげにふくらんでいて、口の中に唾がたまる。コーンピザパンもじゃがいもパンも、ぎゅっと小ぶりなメロンパンもおいしそう。

　でも、正和が言っていたのは、きんぴらごぼうパンと切り干し大根パン――

　カラカラとサッシ戸が開いた。ひんやりした空気と一緒に女の人が入ってきた。「こんにちは」と言う店員の声に親しみがあった。常連さんだろうか、とちょっと居心地が悪くなる。

　女の人は軽く会釈をしながら、あたしの横のトレイとトングを手に取った。黒のタートルネックの上にトレンチコートをすっきりと着ている。シンプルだけど、厳選したものを身にまとっている感じがした。涼しげな横顔で、きんぴらごぼうパン、切り干し大根パン、胡桃パンと無花果マフィンをトレイにのせていく。思案するようにすこし動きを止め、胡桃パンと無花果マフィンものせた。あ、という顔をして米粉のあんパンも取る。

あたしのようにぐずぐず迷わず、「お願いします」とレジ台にトレイを置いた。「あと、予約していた全粒粉食パンとカンパーニュもお願いします」

ひと呼吸置いて、「高村です」と名乗った。

はっと見てしまう。コウムラ。正和が一緒に暮らしている先輩と同じ苗字だ。電話ごしに聞いた正和を呼ぶ声を思いだす。

女の人はあたしの視線には気づかず「カンパーニュはぐみ酵母なんですよ」「そうなんですか。春のよもぎ食パンも楽しみです」と店員と談笑している。

奥の厨房から男性がやってきて、作りつけの木の棚に食パンの山を並べていく。近くで見ると、ラグビー選手のような体つきだった。人見知りなのかあたしたちとは目も合わせず、すぐに奥に引っ込んでしまう。女性の店員が目元で微笑んだ。「ぶどうパン、焼きたてです」と芳ばしい匂いを放つパンの山を眺める女の人にそっと言う。

「すみません」と女の人が照れたように目をそらす。食いしん坊のようだ。

「私は大好きなんですけど、同居人がレーズンが苦手で。焼きたてだったらカットできないですもんね」

「そうですね、粗熱が取れてからになりますね」と店員が済まなそうに言う。

「またきます」

落ち着いた声でそう言うと、女の人はパンの袋を大事そうに抱えて出ていった。

サッシ戸が閉まると、店員に「ぶどうパン、ください」と言った。

「まだカットできませんけど……」

「いいです。そのままください」

自分でも声がこわばっているのがわかった。店員を見ないようにして、トレイとトングを元の場所に戻した。


家と家との間のこぢんまりした公園にロードバイクを停める。ベンチに座ると、袋からぶどうパンを取りだした。ビニールの内側は曇っていて、まだしっとりと温かかった。

二山の食パンを両手で摑んで、真ん中で裂く。湯気がほわりとたちのぼり、甘酸っぱいレーズンと酵母の生き物めいた匂いがした。

片手で持ったパンにかじりつく。ふっくらとした羽毛のような生地に鼻を埋《うず》め、よく焼けた耳を歯でむしり取る。スライスされていない食パンの外側は耳というより皮だ。歯ごたえがある。レーズンは大粒でとろりと甘い。レーズンの汁で染まった部分も、焦げた箇所もいい。すごく、おいしいパンだ。

無心で半分食べると、空いた片手で正和にメッセージを送った。

――レーズン、嫌いなんだって?

すぐに既読がつき、クエスチョンマークがついたスタンプが送られてくる。

――どうしたの、いきなり

「こたえて」と送る。また、今度は、困った顔のスタンプ。

――そうだけど

――そんな話したっけ

――誰かにきいたの

連続でふきだしが浮かぶ。大嘘つき。ぐっと指に力を込めて電源を切った。

そんなこと、知らなかったよ。

でも、あの人は知っているんだ。一緒に住んでいる「先輩」は。好きなパンも、嫌いな食材も、きっとぜんぶ知っている。

もう一山に食らいつく。顔を埋めて、むしゃむしゃと食べる。食べても、食べても、中はレーズンとやさしいパンばかり。てごたえが、ない。むなしい。体が変な感じに火照《ほて》っている。頭がぱんぱんに熱い。やわらかい塊を必死にむしって食べて、飲み込む。

砂場へと続くすべり台に腰かけた子どもが、口をぽかんとあけてあたしを見ていた。赤いニット帽がかわいい。母親は離れたところで電話をしていて気がつかない。食パンを丸ごと手づかみで食べているのが羨ましいのだろうか。

笑おうとすると、景色がぼやけた。

熱い液体がぼたぼたとパンに落ちて吸い込まれていく。慌てて、かじる。しょっぱい。ぶどうパンがふやけてしまう。焦るのに、喉につかえて飲み込めなくなる。

喉の奥から変な声がもれた。涙がとまらない。

食べかけのぶどうパンを握りしめながら、あたしは声を殺して泣いた。

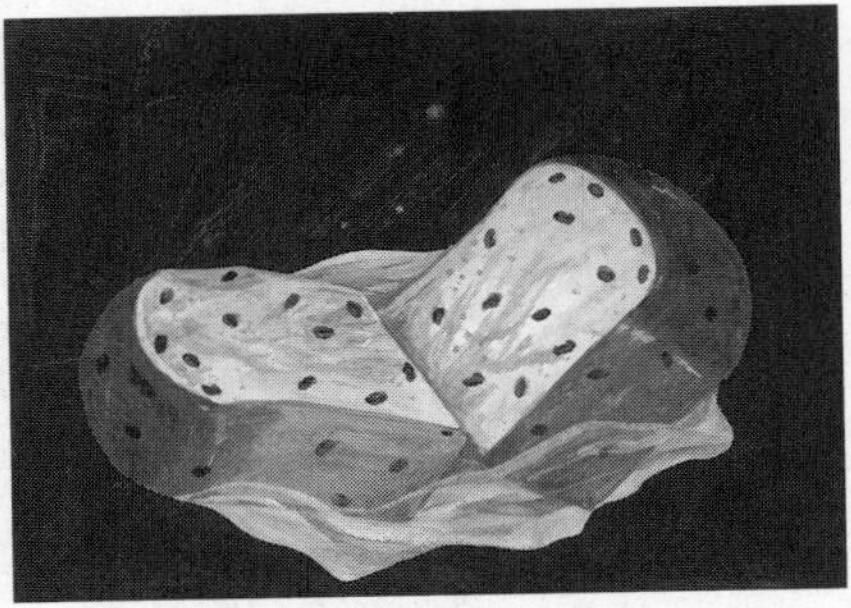

鯖寿司

寿司は自分のお金で食べると決めていた。

白木の付け台が清潔そうな布巾できゅっと拭かれるのを眺めながら、昔の誓いをぼんやりと思いだした。ずいぶん若い頃、頑《かたく》なにそれを守っていた。寿司はがむしゃらに働く自分へのご褒美だった。

着物姿の女性店員が空いた皿を下げていく。隣では本庄さんがゆったりと日本酒を飲んでいる。和食はカウンターに限る、が口癖の彼は寿司を握る職人の手元を見るともなく見ていた。付け台の向こうで、手首がくいっとしなる。

「今年のこっぺはいかがでした？」

悪いものなどだしそうもない大将の自信ありげな問いに、本庄さんは「良かったよ」と私のほうへわずかに身体を傾ける。ねえ、と同意を求めるように。「とても美味しかったです。内子《うちこ》がたっぷりで」と従順な部下を装った笑顔を作ってみせる。本庄さんは目を細めて「うん」と軽く顎を揺らした。大将は目のまわりに笑み皺をきざみ、威勢よく「ありがとうございますっ」と言った。

確かに蟹《かに》は美味しかった。身も内子も外子《そとこ》も殻の中に盛ってあり、箸でひょいひょいと贅沢《ぜいたく》に食べられた。しかし、このやりとりは私がねだったようではないか。解禁したての香箱蟹《こうばこ》を食べたいと言ったのは本庄さんなのに。北陸でも行ってきたらどうですか、という私の返答は強がりとして愛《め》でられた。それを疎ましく感じながらも、こうしてのこのこと食事に付き合ってしまうのは、どこかで年下の女としての軽々しく甘い扱いに飢えているせいなのか。

考えると、味がわからなくなってしまう。つやつやと光る寿司に集中して、付け台に置かれるそばから手を伸ばした。イカ、甘鯛《あまだい》。ヒラメは寿司の前に昆布締めででてきたから、それ以外のネタだろうと思っていたら、透きとおったサヨリが置かれた。木の芽が忍ばせてあった。

酢飯がまろやかで、手指の温度を残しているかのようにほのかにあたたかく、いくらでも食べられそう。

甘海老、漬けマグロときて、芽ネギをのせたあん肝。焼き白子が歯でぷちりと弾けた瞬間、脳がとろけそうになった。「うまいだろ」と誇らしげにささやく本庄さんの言葉に無心でこくこくとうなずきながら、トロや赤貝や煮蛤《はまぐり》や蒸し穴子などをだされるままにたいらげた。

隣の、本庄さんと歳がそう変わらなそうなスーツ姿の男性が「ここボジョレーあるの？」とぞんざいな口調で声をあげた。「え、ないの？　先週解禁だったでしょ」と不満そうだ。連れの派手な化粧の若い女性が「ざんねーん」と笑った。かすかに香水の匂いが届く。大将は取り合わない。尋ねられたことだけに短く返事をしている。

本庄さんが寿司屋でワインを頼むような人間でなくて良かったと心から思う。職人に馬鹿にされるような人と食事は楽しめない。けれど、そう安堵しながらも、趣味のいい男性に選ばれた優越感に酔っている気がして、なんとなく据わりが悪くなる。

ウニが舌の上で溶けた。その瞬間、思いだす。

あれは東京にでたばかりの頃だった。

安月給で入ったデザイン事務所で雑談をしているときに、一番好きな寿司ネタの話になったのだった。なぜそういう話題になったのかは覚えていない。私はウニと答えた。当時、知っていた食材の中でウニが一番贅沢で美味しいものだったから。いつか自分の稼ぎで寿司屋のカウンターに座り、たらふくウニを食べてやろうと思っていた。

私の答えを聞いて、営業の先輩がはっと笑った。

「金のかかる女だな」

まるで、お前にはウニを奢《おご》ってやる価値もないと言わんばかりの、小馬鹿にした笑いだった。真っ白になった頭のまま、まわりが笑うのに合わせて笑った。そのあと、明け方までパソコンモニターを睨みつけながら、笑ってしまった自分を悔やんだ。

なぜ、食事にいくつもりもない男にそんなことを言われなきゃいけないのか。なぜ、私は奢ってもらう前提でしかウニを食べられないと決めつけられているのか。女だからか。年下だからか。正社員じゃないからか。

せめて、黙れば良かった。口をつぐみ、反発の姿勢を示すべきだった。気づかれなかったとしても、笑ってはいけなかった。私は自分で自分の格を下げた。損ねた。

あれからだった。死にもの狂いで働いたのは。異性に奢ってもらわないと決めたのは。

その話をはじめてした男性が本庄さんだった。「まったく小さい男だね、ウニくらいで」と鷹揚《おうよう》に笑い、慰めるように私の背中をそっと撫でた。私の誓いは彼の手でやわらかく砕かれた。

ホタテのすり身が入っているというしっとり甘い玉子を食べると、本庄さんは箸の先でガリをつまんだ。箸を置こうとしたら、「鉄火巻き、作ってもらえる？　この子、締めは巻き物なんだよ」と本庄さんが言った。「はいっ」と大将が間髪いれずに返し、す巻きをひろげた。

自分でもすっかり忘れていた。本庄さんにご馳走になるうちにウニより赤身が好きになったことも、そんな食べ方も。そうやって時間は経っていくのに、もうあと数年で出会った頃の本庄さんと同じ歳になるのに、いつまで私は「この子」なのだろう。

「いくらでも追加してくれていいから」

今夜も払ってくれるつもりのようだ。きっと、この後のホテル代も。

私は拒まない。「もう昔みたいには食べませんよ」とだけつぶやく。若い頃の私は男性に奢られることを負けのように思っていた。本庄さんだけが別だったのは、彼とは寝ていたからなのかもしれない。無意識下で、させてあげているという体《てい》を取っていたかったのだろうか。軽薄で、ぞっとするくらい女臭い考え方。

それこそ、みみっちい強がりだ。対等でいたいと思いながらも、高い食事をご馳走になるたびに、身体を預けるたびに、私は自分を差しだしていた。

いや、いまもだ。こうして小さな負けを積み重ねて、気づけば沼にはまっていくのだろうか。昔のように。

緑茶をすする本庄さんの横顔を見た。生え際は昔より後退した。腹まわりに肉もついている。お互い、ちゃんと老いていっている。気づかれないように深く息を吐く。

昔は、この横顔を自分だけのものにしたいと思ったこともあった。

でも、いまは違う。もう、このひとには、なにも期待してはいない。婚期を逃した私には焦りも失うものもない。

きっちり並んだ鉄火巻きを、ひとつ、ひとつ、口に押し込んでいると、「鯖寿司、持ち帰りにできる？」と本庄さんが大将にたずねた。

「はいっ、どのくらいにいたしましょ」

「一本けっこう大きいよね。この子には半分で」

もうずいぶんお腹がふくれていたので遠慮しようと顔をあげたら、本庄さんが「僕は一本もらえるかな」と続けた。腕時計を見ると、まだ八時半だった。今日は泊まらずに家に帰るから、早く済む寿司にしたのだと気づく。東京行きの新幹線の最終は九時過ぎ。

「また、ゆっくり」と本庄さんが申し訳なさそうに眉を下げる。「気にしないでください」と微笑みながら、今夜は抱き合わなくていいことにほっとしていた。

タクシーに乗る前に手渡された、半分のはずの鯖寿司は、濡れた衣服のようにずっしりと重かった。

暖房の効きすぎた車内で揺られていると、包丁を研ぎたくなった。灰色の砥石《といし》に刃をそわせ、しーりしりと指先に全神経を集める。たちのぼる水っぽい金属の匂いは鼻の奥でひりつく。まっすぐ、ぶれないように、平行を維持して手を動かす。そんな単純で、ささやかな作業に没頭したい気分だった。

暗がりで鍵穴を探し、冷えきった土間に立った途端に包丁を研ぐ気が失《う》せる。痛いくらいの寒さが地面から這いあがってくる。酔いも手伝って、ぞくっと背筋に寒気が走った。台所があかるい。菜箸を持った伊東くんが「早かったですね」と顔をのぞかせた。料理の途中なのかすぐにコンロのほうへと向きなおる。

ここ一ヶ月ほど伊東くんは外泊をしていない。私からはあえてなにも訊かないが、表情と雰囲気から彼女との関係が良い状態ではないことはなんとなく伝わってくる。でも、伊東くんがなにか言いたそうにしているときも関係ない話題をふって避ける。

居間へ行き、コートのままストーブの前に座り込む。寿司屋もタクシーも暖かいと思っていたが、膝から下が冷えきっていた。京都はどこも底冷えする。

「お湯、わかしますか」と曇ったガラス戸の向こうから伊東くんが声をかけてくる。

「ありがとう。お願い」

しばらくすると、急須とどんぶりを手にした伊東くんが足で戸を開けてやってきた。すぐに引き返し、マグカップを二つ持ってくる。食後のほうじ茶がもう習慣になっている。

胡麻油の香りがした。盛りあがった野菜炒めがどんぶりからあふれそうだ。

「食べてきたんですよね」

「うん」

「じゃあ、ぼくいただきますね」

どんぶりに箸をつっこみ、黄金色の麺を音をたてすする。野菜炒めを頬張ると、しゃくしゃくと軽快な音が響いた。

「インスタントラーメン、たまに食べたくなるよね」

「でふよね」と口から湯気を吐きながら伊東くんがうなずく。ほうじ茶をすする。急いで淹れたのか、すこし薄い。

「いつも塩なのに」

「今日、寒いから味噌にしました。バター落としたくて」

バターと聞いて、唾がわく。あれだけ食べたというのに、動物性脂肪の魅力は抗いがたい。

「これも良かったら。鯖寿司だって」と紙袋から竹の皮に包まれた鯖寿司をだす。まだしっとりしていた。伊東くんはどんぶりに顔を埋めながら目だけを向けてきた。

「寿司だったんですか」

「炙りノドグロとか素晴らしかったよ」

「うわ、なんですか。羨ましすぎる」

伊東くんがわざとらしく眉間に皺をよせたので「香箱蟹も食べたよ」と笑う。「白子も、あん肝も。おいしかった」

「ずいぶん豪遊しましたね。おまけにお土産まで」

「ご馳走してもらったから。そのお土産も自分の分のついでみたいなものじゃないかな」

伊東くんの手が一瞬止まったような気がした。けれど、すぐに麺をすすりだした。見間違いだったかもしれない。なんとなく落ち着かなくなって、「やっぱ冬の魚はいいねえ、脂がのってて」と酔ったふりをしておっさんめいた口調で言った。もう寝ようと思うのに動けない。

ずずっ、と伊東くんがスープをすすった。私が両手でしか持てないどんぶりを片手で掴んでいる。あんがい大きな手だった。

「でも、高村さんは光り物が好きですよね。アジとかサンマとか」

まだ蒸し暑い時期に「瑞穂」で食べた真アジの造りがよみがえる。一人でしか味わえない、にごりのない美味しさ。伊東くんと分け合った鰯の梅煮。私たちはいつも割り勘で、好きなものを好きなだけ食べる。奢ってもらった食事は美味であればあるほど、酔うと身体がどんよりとする。腰があがらない原因を突きつけられた気がした。

「……伊東くんはなにが好きなの」

「寿司で、ですか？」

だから、寿司の話をしているんじゃないのか。会話の中に奇妙なざらつきを感じる。

「好きなネタって変わるよね。私、若い頃はわかりやすくウニだったよ。金沢《かなざわ》に転勤になった友人がね、ずっと魚卵派だったのに北陸に住んだら一番を決められなくなったって言っていたな。旬のものが美味しすぎて。そういうのって……」

「ぼくはイカですね」

さえぎられた。伊東くんは洟《はな》をすすって食べ続ける。鯖寿司には手をつけない。

「イカか。そんな感じするね」

「どんな感じですか」

「なんか……淡泊な。普通っぽいのに、ちょっと変わってるような」

今度は確かに手が止まった。静電気めいた小さななにかがぴりっと伊東くんの身体に走ったように見えた。沈黙が流れる。私は黙ってほうじ茶をすすった。

ねえ、なんか機嫌悪いの？

そう尋ねようとすると、「最近、よく食事に行ってる人ですよね」と伊東くんが顔をあげた。ちらりと鯖寿司に目をやる。「今日、寿司を奢ってくれた人って」

　伊東くんの鼻の頭が赤い。吐いた息から人工的な匂いがただよった。濃い旨みと塩分を感じさせる匂い。どんぶりの底にはスープとモヤシとニラの切れ端しか残っていない。それを見ると、妙に恨めしい気分になった。

　ひとくち、ちょうだい。そう言いたいのに、言えなかった。いつもそうだ。なにかを望むと必ずストップがかかる。欲しくないふりをしてしまう。こんなささいなことですら。

「そうだけど」と、つい目をそらす。

「そうですか」

　そのままなにも言わない。気になった。

「なに」

「今日は泊まりじゃないんだなって思って」

　ぼそりとつぶやくと伊東くんはスープを飲み干した。「ごちそうさま」と、ほうじ茶にも鯖寿司にも手をつけないまま立ちあがる。

　こういうところが嫌だ。人の痛いところを突くだけ突いて、空気に耐えられなくなって逃げる。

「ちょっと」と呼び止める。なんですか、とふり返った伊東くんの顔を見て、やっぱり機嫌が悪いんじゃないかと本格的に腹がたつ。

「どういう意味」

「意味なんてないです。ただ、気をつけたほうがいいと思いますよ。お土産を買って帰るって罪悪感ある証拠だし、あまりにバレバレですから。相手の奥さん、気づきますよ」

口があいたまま硬直する。「知らないし」とうわずった声がでた。「向こうの事情なんて、聞いてないから」

伊東くんが目を細めた。「そうですか」と台所へ続くガラス戸をひく。「あのさ」と背中を摑むように声をぶつける。

「なにがあったのか知らないけど、やつあたりするのやめて」

「やつあたり、ですか」

どんぶりを持ったまま伊東くんがため息をつく。「そんなつもりないですけど」

「じゃあ、自覚して。私が誰となにをしようが伊東くんには関係ない」

ただの同居人のくせに。でかかった言葉をかろうじて吞み込む。

開きかけた戸が閉まった。ふり返った伊東くんは静かな顔をしていて、反射的に身体がすくんだ。

「同じですか」

「え」

伊東くんはじっと空のどんぶりを見つめていた。

「ぼくのときと。前に、高村さん言いましたよね。いまと同じトーンで知らないって。ぼくに彼女がいるかいないか自分が確認すべきことだったのかって。それと同じですよね。相手が結婚しているか、していないか、確認していないし、するつもりもないから、自分のしていることは不倫じゃないって言いたいんですか」

思わず立ちあがっていた。はっと顔をあげた伊東くんが私の顔を見て、「言い過ぎました」と顔色を変えた。いまさら、なんだ。謝るくらいなら言うな。

「でも、謝りませんから」

耳に届いた言葉に一瞬だけ足が止まる。でも、ふり返らず玄関に向かった。コートを着たままで良かった。すぐに外にでられる。一秒だってここにいたくなかった。

「どこにいくんですか？」

焦った声に「ラーメン」とだけ返す。ドアを後ろ手で閉め、鍵もかけずに歩きだす。空気は切れそうなくらい凍《い》てついていた。息が白くただよう。コートのポケットに手をつっこんでコンビニの明かりを目指した。

歩くうちに頭が冷えて、置いてきた鯖寿司の包みが浮かんだ。きっと伊東くんは食べないだろう。テーブルの上でかたくなっていく酢飯を思うと、もったいないような気がしたが、いま口にしたいのは職人の手にかかった品の良い食べものではなかった。

まだ身体の奥に興奮が残っていた。くだらない言い合いをした。あれは喧嘩といってもいいものだった。いい歳をして、馬鹿みたいだ。

でも、人に対して感情的になったのはずいぶんひさしぶりのことだった。

コンビニの駐車場で立ち止まる。ちょっと迷って、丸太町通へと進んだ。「ラーメン」とつぶやく。湯気のたちのぼる、ぎらぎらした脂の浮かんだラーメンをすすりたくなっていた。

元旦モーニング

「お正月はどうするの」

そう高村さんが訊いてきて、なんとなく仲直りみたいな空気が流れた。

空気を壊さないように「姉の子供が二人、怪獣みたいにうるさいんで、またにします」と何気ない口調を装いながら言うと、「じゃあ、ここにいるの？」と返ってきた。目が合って、この一ヶ月ろくに目を合わせてもらえてなかったことに気がつく。

「はい」と言って「いさせてください」と続けると、高村さんの切れ長の目が笑んだ。

「なに言ってるの。家賃払っているんだから好きにしたらいいじゃない」

仕事部屋の障子を引きながら「鍋でいい？」と背中で言う。

「え」

「年越し。お節とか作らないよ」

「あ、いいですね年越し鍋」

「あと、湿気こもるからときどき布団乾燥機かけたほうがいいよ。あとで二階の廊下にだしておくから」

ありがとうございます、を言う間もなく、障子が閉まった。部屋の照明で障子紙がオレンジに染まる。ここ一ヶ月はこの明かりですら深夜の冷蔵庫みたいに冷たく見えた。耳を澄ますと、規則正しいマウスのクリック音がチキッ、チキッと聞こえてくる。

仲直りなんかではない。そもそも喧嘩していたのかも微妙だ。確かなのは、俺が高村さんを怒らせてしまったということで、ようやく許してもらえたのだ。

あの時はなんだか無性に苛々していた。わかりやすくめかし込んで男に会いにいく高村さんの姿はあまり見たくなかったし、俺にならバレてもいいという油断しきった態度も、なんだか馬鹿にされているようでもやもやした。そのもやついた黒い塊を言葉に換えてぶつけてしまった。

おまけに勢いにまかせて「謝りませんから」などと言ってしまった。この一ヶ月、その責任を取らせるかのように高村さんは謝るタイミングを俺に作らせなかった。生活時間をずらして顔を合わせず、用事はすべて卓上メモで伝えてきた。同じ家にいると、壁を隔てていても怒りと拒絶はひしひしと伝わってきて、茶ですら飲み込みにくい息苦しさが常にあった。

　ただ、あの晩から高村さんが外泊することはなかった。当てつけめいているとは感じつつ、どこか嬉しい気持ちもあった。こうやって近くにいれば、自分の言葉が与える影響を目《ま》の当たりにできる。そうして、後悔したり考えたり安心したりする。反省している様を見せることだってできる。

　けれど、華は見えない。見せられない。

　あれこそが喧嘩だった。どうやって知ったのか、高村さんと暮らしていることを華に責められ、泣かれ、罵られた。罪悪感で言い返すと、部屋から押しだされた。ベランダの窓から俺の部屋着や歯ブラシなんかが飛んできた。あれからスマホはずっと繋がらず、LINEも既読がつかない。

　苛々していた本当の原因は華だ。華にぶつけた言葉がずっと頭の片隅に漂っている。華にぶつけられた言葉も、涙で濡れた顔も、残っている。日々の生活にまぎれることも、何かに繋がることもなく、華との関係のように宙ぶらりんのまま俺を苛んでいた。

　だから、高村さんに当たったのだ。相手との関係が不倫かどうかなんて、本当はどうでもよかった。この生活を続けながら外ではうまくやっている彼女が狡《ずる》く思えたのだ。

　彼女が指摘した通り、八つ当たりそのものだった。吐き気がするくらい自分が嫌になる。芸能人の不倫バッシングをする輩《やから》と変わりない。自分には関係のないことなのに、さも正しいような顔をして人を否定した。

俺が動けなくなっている間も、障子の向こうのクリック音は途絶えなかった。

大晦日には美味しい日本酒と本物のカラスミを用意しようと思った。


幸か不幸か、クリスマス前から年末にかけて受注が増え、目がまわるように忙しかった。高村さんも「この世で一番嫌いな言葉は年末進行」とぶつぶつ言いながら徹夜で仕事をしたり、印刷所と電話でやり合ったりしていた。

一緒に食卓を囲む日は大幅に減ったが、冷凍庫にはミートソースやスープがジッパーつき保存パックにぴっちりと詰められていて、レンジに入れるだけで手作りの温かい食事がとれた。営業の先輩たちがマスクをしていてもバタバタ風邪で倒れていく中、俺だけは咳《せき》ひとつせず、営業所の隣の婆さんに「ほんま、ええ嫁もらったな、あんた」と決めつけられていた。

いい嫁って一体なんだろう。俺の「いい嫁」イメージと高村さんはかけ離れている。高村さんとの生活は安定していて、清潔で、温かい食事に支えられている。けれど、甘さはない。そんなの当たり前だ。生活を支えるものは知識と規則正しさと段取りと継続性なのだから。空いた時間に手際よく家事を済ませる高村さんを眺めているとよくわかる。彼女は職人っぽい。もしくはトレーナー。世間的な「いい嫁」というのは、選手の記録を伸ばすために尽力する、硬派なトレーナーみたいな存在なのかもしれない。

「トレーナーかあ」

ぐつぐつと湯気をたちのぼらせる鍋の向こうから「え」と高村さんが訊き返してくる。

「いえいえ、なんでもないです」

「あ、そう」

高村さんは引きが早い。「はい、お疲れさま」とビールの泡がこぼれそうなグラスを掲げてくる。乾杯をしてぐびぐびと飲み干す。息を吐いて、また「お疲れさま」と言い合う。トレーナーというか戦友だ。

昆布出汁に白菜、春菊、豆腐、葱、エノキや椎茸《しいたけ》、鶏のぶつ切りとつみれなどが入ったあっさりした鍋がカセットコンロにのっている。ポン酢やナンプラー、柚子《ゆず》胡椒といったたくさんの調味料と薬味が並び、それぞれの取り皿で味つけして食べる。俺も高村さんも味のしっかりついた鍋がそんなに得意じゃない。

「あ、巻き湯葉おいしい」

「いいですね、これ」

「冷凍庫のあさりも入れちゃおうか。蛤とか買ってきたら良かった」

「なんだか、ちゃんこみたいになってきましたね」

あれこれ言いながら食べ、具材を増やし、蓋をして待つ間に日本酒に替えて、なますやカラスミをつまむ。お節は作らないと言ったのに、数の子や田作りや黒豆なんかが皿に盛られていた。大晦日からお節を食べるんだなと思いながら、海老のうま煮の殻を剝く。高村さんの味にしては醬油が強い。

「母がね」と箸の先で黒豆をひと粒ずつ口に運びながら高村さんが言う。

「送ってくるんだけど、あの人ぜんぜん出汁使わないから苦手なんだよね。でも、黒豆だけは好きだな。なんか、みたらし団子みたいな味で」

「育った家の味になるわけじゃないんですね」

「そりゃそうじゃない、うちの父なんかなんにも作れないもの。まあ、母が育てたわけじゃないけど。でも、他人の作ったものを毎日黙って食べられる人ってすごいよね。私は無理だったな。母の味が苦手で、苦手で、仕方なかった」

饒舌《じょうぜつ》になったかと思うと、ぴたりと黙る。鍋の蓋を開け、ふくらんだはんぺんと白菜を取り、はふはふと食べる。続けて、あさりを何個かまとめてすくい、レモンを絞ってナンプラーをまわしかけた。「あ、これ、いい」と俺にも勧めてくる。

「どこなんですか、実家」

「福井」と簡潔に返ってくる。そう遠くもないのに帰省しないのかと思っていると、「伊東くんは長野だっけ」と鍋を覗き込みながら言った。

「はい」

「お姉さんはどんな人なの？」

視線をあげずに高村さんが訊いてきた。通りはとても静かで、急に一年が終わるんだなという実感が押し寄せてきた。支店長は忘年会もそこそこに東京の家族のもとへと帰っていった。華は帰省しただろうか。そういえば、俺は彼女の実家の場所すら知らない。

「姉ですか。そうですね、高村さんみたいですかね」

ぼんやり言うと、「は？」とかすかに声が跳ねあがった。ちょっと酔ってきたようだ。

「昔は、ですよ」と慌てて言う。「今は会うたびにガタイが良くなってジャイアンみたいです」

「結婚して子を持つとそうなるのかな」

見ると、高村さんの箸が虚空で止まっていた。その顔を見て、ぎくりとする。

「さあ、人それぞれじゃないですか。締めはどうします。蕎麦ですかね」と目を逸らす。

「蕎麦よりうどんがいいな」と高村さんが言い、「あ」と口をあけた。

「鐘の音」

黙り込む。鍋だけがぐつぐつと音をたてる部屋に、金属の震えが伝わってきた。町内の寺で鐘つきがはじまったのだろう。ひと塊になった人影が格子の向こうを通り過ぎていった。

「あけましておめでとうかな」

「まだじゃないですか」

ソファに置いたスマホに手を伸ばす。心臓の鼓動で指先が震えているように思えた。酔いがまわっているのかもしれない。

違う。動揺しているんだ。

さっきの高村さんの顔は、俺がひどい言葉をぶつけた時の華にそっくりだった。俺のスマホ画面は黒く沈黙したままで、彼女からの通知はまだない。

「今夜は飲みませんか」

そう言うと「なにをいまさら」と笑われた。

「あけましておめでとう」と「今年もよろしくお願いします」を言い合い、締めのうどんを食べ終えても、お互い腰をあげなかった。ストーブからの温風で乾いていくお節をつつきながらだらだらと飲み続けた。高村さんもさすがに元日は仕事をしないつもりのようで、スマホすら見なかった。

家族以外の人間と年越しをしたのは大学生以来だった。あの頃は友人たちと安酒で馬鹿みたいに酔って騒いで、きっとそれなりに悩みもあったのだろうが、こうして思い返すと何も考えてなかったようにしか感じられない。だとしたら、四十代、五十代になった時の自分は今この時間をどんな風に思いだすのだろうか。その頃、高村さんは俺にとってどんな人間になっているのだろう。そもそも今も彼女との関係はよくわからない。

「ちょっと」と肩を揺すられ、顔をあげるとホットカーペットの上に転がっていた。ローテーブルの上はカセットコンロを残して片付けられている。「水、飲みなよ」と透明なグラスが置かれる。中の水が揺れ、照明の光が屈折して視界が歪む。

「私もう寝るから。こんなところで寝たら風邪ひくよ」

生返事をしているうちにとんとんと階段が鳴り、高村さんがいなくなった。ぐにゃと上半身が崩れ落ちる。そして、真っ暗になった。

ほんの数分に感じた。

「あーあー」と声が降ってくる。姉ちゃん、と言いかけて、古い家の匂いが鼻をかすめ飛び起きる。

「やっぱり寝ちゃったんだ」

呆れた顔の高村さんが見下ろしている。毛布やひざ掛けがバウムクーヘンのように俺の身体にかけられていた。

「あ、すみません」

こめかみに鈍い痛みが走る。手をつけていない水を恨めしく見つめると、「二度寝する前にモーニング行かない?」と高村さんが言った。

がらんとした広い御池《おいけ》通を渡り、ひと気のない路地を歩く。空はやけに青くて眩しい。寒いけれど、空気が澄んでいる。

「元旦って必ず晴れている気がする」

先を行く高村さんがコートのポケットに手を突っ込んだまま言う。

「そうでしたっけ」と目を細めながら追いかける。同じくらい飲んでどうしてこの人こんなに元気なのだろう。靴音すら頭に響く。

「元旦からモーニングやってるんですか」

「イノダはやってるよ」

三条《さんじょう》通を曲がると、行列が見えた。「ほら」と高村さんが白い息を吐く。列の最後に並んですぐに、白いシャツにベストの店員が出てきて、開店時間前だというのに店内に客を誘導しはじめた。高村さんは迷いなく奥へと進む。赤白のギンガムチェックのテーブルクロスに赤い布を貼った椅子。応接室のような部屋は観光客らしき人々で埋まっていた。

　壁飾りと化している暖炉の前のテーブルにつくと、高村さんはメニューをひろげた。店内にコーヒーの香りが漂い、冷たい水を飲み干すとようやく頭がすっきりしてきた。

　今日はセットメニューはやっていないというので、フルーツサンドと玉子サンドを頼んで分けることにした。高村さんはミルクティーを頼み、銀のホルダーを指でなぞった。耳のないサンドイッチも銀の楕円の皿に行儀良く並んでいる。

「ここ好きなんだよね、特別感があって」

「なんか喫茶店というより、ホテルみたいですもんね」

「うん、だから朝くるのが好き」

　毎年、元旦は一人でここに来ていたのだろうか。少しだけ気になったが訊かなかった。察したように高村さんが「正月は家族でって法律はないじゃない」と呟いた。「三十五過ぎたあたりでそれに気づいて楽になったの」

　コーヒーをひとくち飲んで玉子サンドをかじる。胡瓜を歯で嚙み砕くが、うまく飲み込めない。玉子の匂いが込みあげてくる。諦めて食べかけのサンドイッチを皿に戻す。高村さんは庭を眺めながらフルーツサンドをたんたんと咀嚼している。

　俺はやっぱり楽になれない。

「聞いてもらっていいですか」

高村さんは眉間に皺を寄せて「彼女のこと?」と訊き返してきた。「そうです」と答える俺の顔を見て何か言いかけたが、ミルクティーをすすって「どうぞ」と息を吐いた。

「なんだか最近よくわからないんですよ。彼女のことが好きなのか、必要とされたいだけなのか」

「それは別々のものなの?」

あっと言う間に言葉に詰まる。違う、そういうことを言いたいんじゃない。

「……傷つけてしまったんです」

「なにか言ったの」

「普通じゃないって」

ひどいことを言った。ちゃんと華が傷つくと知っていて言った。華は一瞬、虚《うつ》ろな目をして、「そっちだっておかしいじゃない!」と叫んだ。「なにもしていないからって彼女以外の女の人と暮らすのが普通!?」と。その通りだった。普通じゃないとわかっていたから華に隠していた。

「普通を押しつけ合っていたんだって気づいてしまって」

「普通とかわかんないけど」と高村さんが首を揉みながら言った。「気づいたんなら、そこから変えていけばいいんじゃないの」

変えるということは選ぶということだ。高村さんとの生活か、華との関係を。

「でも」と弁解するように口が動く。

「でも、なんか疲れるんです。どんどんややこしくして、自分が嫌になる。前に高村さんが言ってたの、よくわかるんですよ。食べ物の味がわからない関係はいらないって」

「それは恋してるってことだよ」

否定はしなかった。その気持ちは確かだったから。ただ。

部屋を見まわすと、レトロな扉のそばのテーブルに老夫婦がいた。言葉も交わさず黙々と朝食をとっている。同じくらい皺の刻まれた顔はよく似ていた。

「あのおじいさんとおばあさんはセックスしているんでしょうかね」

高村さんがぎょっとした顔で俺を見る。

「ちょっとなに言ってんの」

「すみません。まだ酒が抜けていないのかもしれません」

大げさに溜息をつかれた。極端なことを言っている自覚はあったが、ひっこめるつもりはなかった。

「恋しているように見えますか」

高村さんは答えない。サンドイッチを口に運ぶ手が速くなる。

「でも、あの二人、幸せそうに見えませんか。ぼくには見えます。最終的に恋愛とか性欲とか関係ないところに落ち着くのなら、どうしてそういうものが必要なんですかね」

高村さんの手が止まった。

「なんで私に訊くの？」と俺を見て笑った。笑っているのに眉は下がっていて、なんだか泣いているように見えた。

もしも今、高村さんに告白とかしたら丸く収まるのだろうか。振られたら、あの家を出ていく理由になるのか。それが男と女の普通の関係ってやつなのか。それとも、もっとぐちゃぐちゃになってしまうのか。俺は何をしたいんだろう。

わからないけれど、ここが外で良かったと思った。誰もいない場所だったら、引き寄せてしまったかもしれないから。

恋愛とか性欲とかじゃない、もっと寂しさに近い感情で。

豚汁

特技なのか特性なのかわからないけれど、あたしはいったん手をつければただただ没頭することができる。それが興味のあることならなおさらだ。

毛皮や肉を裂くのにふさわしい刃を選んで、ごろりと転がる死体を解体する。内臓に触れ、筋線維をなぞり、骨の繋がりに目を凝らす。あたしたちの研究室が対象とする脊椎動物のすべての部位には名前がある。未知のものには名前をつけ、目と指先が捉えた事実を言葉に換えれば、誰もが共有できる知識となる。かけがえのないものだ。

そんな風にして、あたしはひたすら解剖に没頭し、論文を書き続けた。そうしなければいけない時期でもあった。だから、ちょうどよかったのだと、正和のいない暗い部屋に戻るたびに自分に言い聞かせた。シャワーと睡眠のためだけの部屋は、すぐに自分のにおいしかなくなって、巣穴のようで心地好かった。

時間はどんどん過ぎた。論文が忙しくとも、新しい死体の連絡がくれば搬入や解体の手伝いをしなくてはいけない。一年の最後の月になったことすら意識しないまま、博士学位論文を期限ぎりぎりで提出した。堀教授の部屋を出ると、寝不足と疲労でふらふらしながら、この大学にいる年数を左手から指折り数えてみた。右親指を残して両の手が握られる。人生の三分の一近い時間をここで過ごしていることに気づく。

けれど、体感としてはあっという間だった。好きなことに没頭できる場所だから。そして、あたしがあたしのままでいても誰もとがめないから。

手を離れた論文の代わりにゆっくりと胸の痛みが戻ってくる。正和の嘘、そして喧嘩。

正和はあたしのことを「普通じゃない」と言った。感情が昂《たかぶ》ったせいで口をついてでた言葉だったのかもしれない。あたしだってたくさんひどいことを言った。でも、正和がそう思っていることに本当は気がついていた。だから、深々と刺さった。

初めてウシガエルの解剖をした時に母が浮かべた表情、思春期の友人たちとの噛みあわない会話、あたしの部屋の骨格標本を目にした恋人の苦笑。いままで通過してきた、ぎこちない空気を思いだす。「華ちゃんはちょっと変だよね」次の言葉はいつもそれだった。言わずに呑み込んだ人もいたけれど、ちゃんと顔に書いてあった。

興味のあることにはいくらでも没頭できるけど、興味のないことはてんで駄目。普通の女の子らしいことができない。ちょっと変な子だから。「ちょっと」をつけてもらえるのが、かろうじて許されている証だった。あたしの評価はずっとそうだった。この研究室にくるまでは。

だから、うっかり忘れてしまっていた。あのぎこちない空気も、違和感をたたえた視線も。正和に出会った時、もしかしたら両立できるんじゃないかと思った。「普通の女の子」と「研究者の自分」を。正和は健やかな好意の視線を向けてくれて、「女の子」としてあたしを扱ってくれたから。でも、ばかだった。

劣化した段ボール箱や埃をかぶった棚を避けながら薄暗い廊下を歩く。ばかだった、と結論をだしても、傷口に血がにじむように怒りがじわじわとわいてくる。

正和のことを話したのは、ともちゃんだけだ。

「それ、シロなんじゃないの?」と、彼女は言った。ウシの受精卵を顕微鏡でのぞきながら。眼鏡が接眼レンズにぶつかって小さく鳴った。

「ええ!」と大きな声をあげてしまい、他科の研究室を見まわす。修士も博士も論文の追い込み時期だったせいで、あたしたち以外に人はいない。研究室にいると教授に労働力としてこき使われるから、みんな図書館や自宅で書いているのだろう。どこの科も同じだなと思う。

「シロって有罪だっけ?」と聞くと、ともちゃんは「む」と顔をあげ、「ん、どっちだっけ」と首を傾げた。

「白星、黒星のシロ？」

「それ相撲じゃない？　あれってどっちが勝ちで、どっちが負けだっけ」

「ぜんぜんわかんない。相撲なんて見ないし」

顔を見合わせる。ともちゃんも相撲には興味がないはずだ。

「違う、違う、刑事用語のシロとクロの話してんだって」

「それもわかんないよ。ドラマとか見ないし」

「うちら無知だよね」

世界中のウシの品種名を空で言えるともちゃんが肩をすくめる。

「一般常識はね」

言ってから、正和にも常識がないとときどき笑われたことを思いだす。

「浮気じゃない気がするけどなあ」

ともちゃんが顕微鏡に片目を戻した。また眼鏡が接眼レンズにぶつかる。傷つかないのだろうか。

「どうして」声がうわずる。自分がなにを言って欲しいのか混乱してくる。

「だって、嘘つくにしたってあんまりにも間抜けだよ」

「間抜け」

「女の人と隠れて住んで、ただのシェアハウスだなんて。食事の趣味が合うからついつい一緒に暮らしてしまったんだっけ？」

「胃袋つかまれちゃったってやつじゃないの」

吐き捨てるように言うと、「それ、言った？」と、ともちゃんが顔をあげる。

「言った」

「なんて」

「そうかもって。仕事も忙しかったし、いろいろしてくれる人だから甘えてしまったとか、なんか言ってた」

ハスキーな笑い声が書類や模型でごちゃごちゃした部屋に響く。

「ほら、やっぱ間抜け」

二回も間抜けと言われて情けなくなった。その間抜け相手にあたしは泣いて叫んで怒り狂ったのだ。

「へとへとになって家に帰ってさ、あったかいごはんがあったら、そりゃずるずるとしちゃうよね。しかも、恋人でも家族でもない責任のない関係だったら楽でたまんないわ」

冗談めいた喋り方だったが、眼鏡の奥の目は笑っていなかった。

「そう思わない？」

口の端で微笑まれて、しばし返す言葉を失った。

「そんなの……変だよ」

そうつぶやいて気がついた。「普通じゃない」と言われて初めて怒ったことに。そして、あたしはいま初めて自分以外の人間を変だと否定した。

「変かあ」と、ともちゃんは椅子をぎいぎいと揺らした。

「ヒトってさ、自分にとって都合が悪いものを変だって言うんだよ」

それから、ちょっと笑って「あげる」と企業のロゴが入ったホルスタインのぬいぐるみを押しつけてきた。

都合が悪い、か。じゃあ、正和とあたしにとって都合の良い関係ってどんなものだったのだろう。少なくとも、嘘がばれるまでは正和にとって都合が良い状態だったのだ。他の女の人に面倒をみてもらいながらあたしと会う状態が。乱雑に停められた自転車置き場からロードバイクをひっぱりだしながら考える。コートのポケットに入れていた手袋がひとつ見当たらない。でも、探しに戻る気力も体力もなかった。

帰り道、飲食店のあちこちでやけに赤や緑のライトが点滅していた。入りにくいなとぼんやり眺めてからクリスマスのイルミネーションだと我に返る。疲れている。でも、クリスマスの存在をすっかり忘れていた自分は嫌いじゃなかった。ふふっと白い息がもれる。コンビニでドリアやアメリカンドッグやアイスを買って胃に詰め込むと、ホルスタインのぬいぐるみを抱きしめて眠った。

論文を提出しても年明けには発表がある。その準備にクリスマスも大晦日も追われた。さすがに元日くらいは寝て過ごしたが、二日には大学に行った。通りは静かで、車も少なく、鴨川の上の空が高く澄んでいた。廃墟《はいきょ》のような構内を抜け、正月らしさなど微塵《みじん》もない研究棟に入る。研究室には誰もいない。年末に実家から送られてきた食材が入ったエコバッグを空いた作業台に置く。

堀教授の部屋を見にいくと、案の定、ドアがうっすら開いていた。いつも秘書の白石《しらいし》さんが「先生、何度いってもちゃんと閉めてくれないんですよね」と困った顔で笑っている。彼女の整頓された机は空っぽだ。今にも雪崩《なだれ》を起こしそうな書類や本が山積みの堀教授の机も無人だったが、パソコンが点いていた。プリンターからドアへ向かって点々と散らばる紙を拾おうとして屈《かが》むと、近くの棚に肩がぶつかりオブジェのように積まれていたカップラーメンがどさどさと落ちてきた。あちこちに転がる。もう駄目だ、白石さんにしかこの部屋は片付けられない。退散しよう。

そっとドアを閉めながら、秘書の白石さんはパン屋で会ったあの人に似ていると思う。正和と暮らしている、コウムラ、さん。

すっきりとした清潔そうな服装、仕事の邪魔にならない控えめな化粧に束ねられた黒髪、きびきびとしているのにどこか優しげな雰囲気。自分以外の人間にもちゃんと気をまわせる、大人の女性という感じがした。

白石さんは堀教授のサポートが仕事だ。じゃあ、あの人はなんの仕事をしているのだろう。正和は同居している先輩は忙しい人だと言っていた。それも嘘か。平日の昼間にわざわざパンを買いに行けるような職種が忙しいとは思えない。まさか、と胸がざわつく。正和と結婚する気で仕事を辞めたりとかしていたら嫌だ。すごく嫌。

正和のことを「同居人」とあの人は言っていた。

――同居人がレーズンが苦手で。

店員との雑談でさらりと口にした言葉を何度思いだしてみても、そこに含まれている感情は見えてこない。意地悪く捉えることも、楽観視することもできて、そのたびに記憶がゆがめられていく。

わからないことを考え続けるのはしんどい。どんな臆測もいたずらに気持ちを掻きまわすだけだ。あの人に会いにいっても、正和をまた問い詰めても、嘘をつかれてしまえばそれまで、なにも証明できはしない。だから、苦手なのだ。こういうことは。

解剖室に行くと、長靴を履いた堀教授が床に屈み込んでいた。黒いビニール袋から毛の生えた恐竜のような太い尾が飛びでている。解剖刀と切り取った後肢を手に堀教授が身を起こす。長いアキレス腱《けん》、筋肉に覆われた発達した後肢。冷凍してあったアカンガルーを解体しているのだろう。

解凍したんですか、と問おうと一歩近づくと、堀教授が作業台に後肢を置いた。

「盗《と》られてしまってね」

正和とあの人の顔が浮かんで、ぎくりとする。数秒遅れて「盗られた」という言葉に過剰反応した自分が恥ずかしくなる。

目をとじて血と獣の匂いを吸い込み、余計なことをふり払う。

「ほら、年末に引き取るはずだったユキヒョウの死体。どこかの好事家《こうずか》が剝製にするそうなんですよ。取りに行ったら園長に申し訳ないと謝られてね」

堀教授は構わず喋り続ける。もちろん手も動いている。

「残念ですね」

「安心してください。にっこり笑って、内臓をもらう約束をしてきました。彼らにとってはゴミでしょうから。剝製師が型を取り終えたら骨と筋肉もいただきましょう」

「腎臓をもらってもいいですか」

「ええ、私は心筋を調べたいですね」

話しながら子どもの頃、ミイラの作り方を図鑑で読んだ時のことを思いだした。腐敗しやすい脳と内臓をまず掻きだしてしまうという記述にもったいないと感じた。堀教授だったら共感してくれただろう。たいていの人は見える部分しか必要としない。

奥の小部屋からこぽこぽという水音が響いている。ペットショップの観賞魚売り場を彷彿とさせるが、小部屋は無数のバケツと棺桶《かんおけ》のような銀色の機械で埋まっている。その中の水には動物の死体が沈められていて、微生物による分解が行われている。水温は四十度、三週間かけて静かに煮ると、きれいな骨格標本ができあがる。

「お鍋の中、なんですか」

棺桶のような銀色の機械をあたしたちは「お鍋」と呼んでいる。一台しかない、とても高価な機械なのだけど。

「バンドウイルカですね」

なるほど、と思う。膠《にかわ》と漁港が混じったような独特の臭いが流れてくる。海の脊椎動物の匂いだ。バケツにはコツメカワウソやホンドタヌキやキジなんかが入っているはずだ。

「そういえば」と、血塗れの解剖刀を置いて堀教授があたしを見た。

「中野くん、あけましておめでとうございます」

「あけましておめでとうございます」

　思わず笑ってしまう。長靴に履き替えて解体を手伝った。

　それぞれの部位をトレイにわけると、ホースの水で床の血を流した。解剖刀を洗うと手がかじかんで動かなくなった。冬の解剖室の寒さは尋常じゃない。両手をこすり合わせ、足踏みをして血を通わす。

「中野くん、朝食は？」

　めずらしく堀教授が食事のことを聞いてきた。朝食どころか、もう昼をずいぶん過ぎているのだけど。

「いえ」と答えると、「すこし温まりましょうか」と堀教授は解剖室を出ていった。

　堀教授は研究室の冷蔵庫にアカカンガルーの切り刻んだ部位をしまい、同じ冷蔵庫から寸胴鍋《ずんどう》を両手で重そうに取りだした。流しの横の簡易コンロにのせて火を点け、冷たい水にひるむことなく丁寧に手を洗う。

　堀教授の後ろに立って、ぼんやり自分の手を見つめた。もうずっとネイルをしていない指先はささくれていて、指の節も心なしか太くなった気がした。

　せっかく手を洗ったというのに、せっかちな堀教授は研究室をうろうろ歩きまわり、爬虫類専門の宇田《うだ》くんの机でウミガメの骨を観察したりしている。そのうち味噌の匂いがしてきた。

「堀教授、これなんですか」

「豚汁みたいですね」

「お餅、入れていいですか」

「どうぞ」

実家から送られてきた食材の中から丸餅をだす。食べない分は冷凍しなさいと電話で言われたのに放置していたせいで、餅はところどころ青くカビていた。メスで削り取って寸胴鍋にぼちゃんぼちゃんと入れる。豚汁の雑煮か、と思う。堀教授には正月なんて関係ないのだろうけれど。

研究室のみんなで鍋をした時に使った発泡スチロールの椀に豚汁をよそう。具に餅が絡みついていた。あたしは机にもたれ、堀教授は立ったまま豚汁をすすった。熱い汁はいろんな根菜の味がして、玉ねぎと豚の脂が味噌に甘く溶けていた。鼻水をすする。

「あったまりますね。どうしたんですか、これ」

「娘がね」と、早食いの堀教授はもう二杯目にいこうとしている。

「あ、餅が底に沈んでいます」

「わかりました」

「お正月に豚汁の差し入れって不思議ですね」

堀教授がはははっと笑った。

「野菜も肉も一度に摂れるから、お節よりいいでしょうって言われましたね」

「よくわかってる娘さんですね」

「そうですね」と、堀教授の食べるスピードが落ちた。つぶらな目で椀の中を見つめている。

堀教授の著作のあとがきには必ず娘さんの名が記されていることを思いだす。家族としては離れてしまっても消えない気持ちはある。それは血を分けた対象にしか芽生えないものなのだろうか。

恋愛はオセロみたいだ。あっという間に気持ちはひっくり返って、ゲームが終わればまた始めから。残らない。白か黒しかない。

じゃあ、一緒に暮らしていたらどうだろう。こんな風に食事を共にして、毎日を過ごしたらグレーの情にからめとられていくのだろうか。

無言で食べていたら、たちのぼる湯気の匂いに夜の記憶がよみがえった。

深夜にやってきた正和の前髪からこんな匂いがしたことがあった。野菜や肉を煮た家庭料理の匂い。ひなびた安心感を覚える匂いだった。あの人も正和の健康を気遣い、豚汁を作ってあげていたのだろうか。

「やっぱり嬉しいものですか、手作りは」

ついもらしてしまった。堀教授はあたしの自虐的な含みをまったく気にせず、音をたてて豚汁を飲み干すと、近くの机に椀と割り箸を置いた。そのまま忘れたように、冷蔵庫を開けアカカンガルーのトレイを取りだす。

諦めて片付けをしようとすると、「どうですかね」と声がした。「私はカップラーメンで充分ですがね」

確かにカップラーメンを食べる時と一緒で、うまいともまずいとも言わなかった。

「怒られますよ」

「さすがにそれは学びました」

堀教授は眉を下げて笑って、次の瞬間にはもう死体へ集中していた。同じ部屋にいるのに、瞬く間に違う場所へと行ってしまう。その姿に勇気づけられる気がした。

もう一杯だけ食べて力をつけて、今日やれるだけのことをしようと思った。

天麩羅

雨の音が変わった。

節分が過ぎた頃にそう言うと、伊東くんは「へえ」と笑った。眉を下げて、目をちょっとだけ見ひらいた、取り繕うような笑顔がひっかかった。

「京都は節分の頃が一番寒いと思う」

そこからゆっくりと空気がゆるんでいく。ひと雨ごとに水滴の音がやわらかくなり、外から帰ってきたときに土間がひやりと感じられるようになる。それが町家の春。

「そうですねえ」

一緒に行った吉田《よしだ》神社の節分祭を思いだしているのか、伊東くんはわずかに目を泳がせて、軽くうなずいた。屋台の赤い灯が連なる参道を、白い息を吐きながら上った。手袋の中の指の感覚がなくなるほど寒くて、出店の甘酒やお汁粉がじんわりとおいしかった。

「今日もありがとうございます」

伊東くんが塩むすびをラップで包む。おかずを詰めたタッパーを手に取り、「寒い日のスープはありがたいです」と円柱形の保温容器と一緒に風呂敷でくるんで鞄にしまう。スープジャーも風呂敷も私があげたもので、中身も私が作ったものだ。今日のスープは里芋の入った白味噌シチュー。

春に近づいてきたという話をしていたのに、まったく通じていなかったようだ。節分祭の晩のことも思いだしてはいなかったのだろう。

コンロにかけたやかんが、かたかたと音をたてる。急須に湯をそそぎながら考える。最近の伊東くんは野菜みたいだ。茄子のへたとか、オクラの産毛とか、安全だと思って素手で触ったらちくっとやられる感じ。傷すら残らない、痛みより驚きが勝る、すぐに忘れてしまう違和感。あとは、なにがあるだろう。ざらざら、ちくちくするもの。

「筍の皮」

つぶやくと、「まだ筍は早いですよ」とネイビーのステンカラーコートを着た伊東くんが上半身だけで台所を覗く。

「春になったら筍もらえますよ。営業所の隣のお婆さん、去年むちゃくちゃ持ってきてみんな困ってましたから」

下処理はされていたのか、いなかったのか。筍はそこが肝心なのだが、訊こうとすると

「じゃあ、いってきます」と背を向けられてしまった。

微妙な気分で「いってらっしゃい」と返して、鍋から突きでたレードルを流しに置く。せっかく温めなおした白味噌シチューだが、スープは気分が落ち着いてしまうので朝から食べる気にはならない。昼に煮詰まったものを食べることになるのかと思うと、ふうっと息がもれた。

なんのために作っているのだろう。

ゆるんでいる。いや、ずれてきている。自分の生活の目的が。

生活は健康と仕事の土台だったのに。自分の身体のためにあるものだったのに。

にじむように苛立ちが胸にひろがっていく。違う、ゆるんでいるのは伊東くんだ。このところ、油断を感じる。上の空で相槌を打ち、使ったレードルや菜箸を洗わない。もっと器用な人だと思っていた。

いや、もしかしたら、器用に見えていただけで昔からああいう人なのかもしれない。わからないことは否定せず、笑顔でなんとなく合わせておく。一緒に住むうちに私が見えすぎるようになってしまっただけで。

――尽くしてるやん。

景子の言葉がよみがえる。

自分の献身のせいだ。本庄さんのときも、その前の恋人のときもそうだった。つい先まわりして相手に必要なものを用意してしまう。それも、素知らぬ顔を装って。そうして居心地の好い場所を作ると、相手はきまって油断を見せた。相手がして欲しそうなことをしても、私がして欲しいことは返ってはこない。結局はそれに疲れてしまう。

そもそも、私がして欲しいことってなんなのだろう。

苦い気持ちになり、急須を傾けると蒸らしすぎたほうじ茶はもっと苦かった。不毛だ。大股で仕事部屋へ入り、渋い茶を飲みながらパソコンを起動させる。メールボックスをひらくと、前の職場の先輩の名前が目に飛び込んできた。去年、独立してデザイン事務所をひらいた人だ。会社にいるときも個人で活動をし、積極的にコンペに出展したり色覚異常者の視覚を再現した広告で賞をとったりと、才能とバイタリティを併せ持った女性だった。メールの文面をさっと読み、茶をすすった。添付の資料をあけていく。茶の渋味はどこかに消えてしまった。

天麩羅が食べたいから付き合ってと持ちかけると、伊東くんは「いつにしましょう」とすぐに乗ってきた。バレンタインデーを指定しても、特に悩む様子もなく「早く帰れると思います」と手帳に書き込んだ。わけを問うこともなかった。

当日は景子の店で待ち合わせた。閉店後の店内で景子と雑談をしていると、待ち合わせ時間より十分早く、ガラス窓の向こうに伊東くんの姿があらわれた。

「あれやろ？」と景子が横目で見る。

「そんな、ものみたいに」

苦笑すると、伊東くんと目が合った。「クローズの札だしてるから開けたったら」と景子が顎でドアを示す。

開けると、ドアベルが鳴った。「入って」と言っても、店内をうかがっている。景子がやってくると、伊東くんは躊躇してから頭を下げた。

「お世話になってます。伊東です」

「こちらこそ、夕香がお世話になってまーす」

わざとらしい標準語。景子がにやにやしているのは、見なくてもわかる。

「夕香……ああ、高村さんのことですね」

まじまじと私の顔を見て、「似合いますね」とうなずく。ははっと景子が笑った。

「なに、あんたら、一緒に住んでて苗字で呼び合ってるん？　中学のクラスメイトか。まさか、名前知らんのと違う？」

「景子」と低い声でたしなめたが、伊東くんは「大人になってからのほうがフルネーム知らない友達って増えませんでした？　でも、ぼく、高村さんの『伊東くん』が気に入っているんですよ。あ、ケーキ屋さん、今日は大変だったんじゃないですか」とにこやかに話を変えた。

「せやな、すっからかんやな。これから仕込みや」

空っぽのショーケースを見て伊東くんが残念そうな顔をする。

「夕香のお取り置きはあるで」

「なんですか」

「フォレノワール」と代わりに答える。

「ちゃんと二人用のサイズやから安心し」と景子が目を細める。

「景子、そろそろ行くから」と睨みつけると、「はいはい」とショーケースの裏にまわって下の冷蔵庫から白い箱をだした。紙袋に入れながら「あんた、厨房専門の業者さんなんやって？」と伊東くんにまた話しかける。

「はい。梱包《こんぽう》資材のカタログ、今度持ってきましょうか？」

「なんでわかったん」

「そのケーキ箱を入れるとき、紙袋のサイズで一瞬迷われていたので」

景子は刈りあげた襟足にちょっと手をやると「ふうん」と伊東くんを眺めて、「ほな、お願いするわ」と言った。私に紙袋を渡しながら「スマートな子やん」と耳打ちする。

なんとなく否定したい気持ちが込みあげたが、黙ってケーキの代金を払った。同じサイズのケーキがもうひとつ冷蔵庫に残っているのを知っている。景子が早めに店を閉めた理由は、日付が変わる前に届けたい人がいるからだろう。からかえないし、訊けない。恋愛に対する遠慮がある。四十手前で新しい恋愛をすることの意味をはかりかねてしまう。

「またきます」と何度も頭を下げる伊東くんと暗くなった道へでる。

歩きながら「営業さんだったね」と言うと、伊東くんは「そうですか」と笑いながら私の手からケーキの紙袋をさりげなく取った。

「ぼく、お酒のきいたケーキ好きなんですよね」

「景子のはしっかりだよ」

話しながら、あれが伊東くんの仕事の顔なのだと思った。ただの飲み友達だった頃を思いださせる雰囲気だった。気遣いと柔和な気安さのある、ちょうどいい距離感。あれは仕事で身につけた空気だったのか。

景子が褒めたときにわきあがった反発心の正体は、きっと嫉妬だ。そして、自分がいいと思ったものが誰にでも見せる顔だったことに対する失望。

失望？

愕然《がくぜん》とする。

なんの約束もない、家族でも恋人でもない人に対して。私はなんて傲慢《ごうまん》なのだろう。

歩みの遅くなった私をふり返って「天麩羅、楽しみですね」と伊東くんが言った。「そうだね」と胸焼けしそうな感情を呑み込んだ。


くの字のカウンターに並ぶ客の中で、私たちが一番若かった。通りの音を遮断する日本庭園の奥の、コンクリート打ちっぱなしの建物は外の音が一切聞こえず、モダンな茶室にいるようだった。

洗面所から戻ってきた伊東くんが白檀《びやくだん》の香りをただよわせながら、「石鹸もタオルもぜんぶここのマーク入ってました」と小声で言った。

「高級旅館がプロデュースしている店だしね」

「うちでも高品質ラインやろうかな。完全オーダー制で」

きょろきょろする伊東くんの前にお造りの皿と小鉢が置かれる。どちらからともなくビールを飲み干して日本酒を頼む。

次はすっぽんの茶碗蒸しだった。驚くほどなめらかで、かすかに漢方のような匂いがした。

「ぼく、すっぽんってはじめてです」

「なんかお腹の底があたたかくなった気がする」

話していると、松葉蟹が置かれ、カウンターの中で職人たちが天麩羅の具材を並べはじめた。大きな銅の鍋がちんちんと細く鳴り、箸が動くたびにしゅわしゅわと油の音がたった。海老、玉ねぎ、蓮根《れんこん》、生麩《なまふ》、椎茸、鳴門《なると》金時、ハゼ、穴子とつぎつぎに揚がる。ふきのとうや白魚、もろことといった季節の食材もあった。すだち、塩、山椒、出汁、大根おろしを「どれにする?」と言いながら選び、熱いうちにさくさくと食べた。できたものをすぐに食べられるのは幸せで、徐々に高揚してきた。「おいしい」以外の会話もなく天麩羅に集中して、日本酒を空ける。だんだんと他の客のことも気にならなくなって、具のリクエストもした。

締めは二人とも、かき揚げの天丼にした。大根おろしに使った大根の皮で作っているという漬物が美味しかった。空の丼を置くと、ふうっと自然にため息がでた。

「カラスミの天麩羅って初体験だった」

「なんか高級鮭とばみたいでしたね。海苔包みウニが感動でした」

「あれは溶けたね」

うっとりと感想を語りながら水菓子を食べ、会計は私がした。「バレンタインデーだから」と言うと、「あ」と伊東くんが真顔になった。すぐに「ここの三倍返しとか無理かもしれないです」と眉を下げて笑ったが、急に口をつぐんだ。

店名の看板がついた小さな門を抜けると、アスファルトが濡れていた。短い雨が降ったのかもしれない。

「酔いざましに歩いていいかな」と言うと、「あの」と伊東くんがかたい声をだした。

「すみません。ぼく、ちゃんとしますから」

「え」と顔を見あげる。後ろから二台の自転車が走ってきて、若者の笑い声を残して去っていった。

「え」と、もう一度訊く。「その、あの」と伊東くんは目をそらして「彼女のこととか」と言った。なにも取り繕う余裕のない、その顔を見て、胸につかえていたものがすとんと消えた。

「ちゃんとして、えーと、それから……高村さんのこと……」

すかさず「違うの」とさえぎっていた。

「さっきのバレンタインっていうの、それもあるけど、半分は謝罪なの」

ぽかんとした顔の伊東くんと目が合う。

「私、引っ越すことにしたの。伊東くんはまだ住んでいてもいいけど、家賃が増えちゃうでしょう。せめてもの罪滅ぼしで。京都にいるうちに一度は行ってみたい店だって前に言っていたから」

「え」と今度は伊東くんが言った。

「京都から離れるんですか？」

「うん、新年度から東京に戻る」

　ふっと伊東くんの顔がゆるんだ。ほんのわずかだったが、一緒に暮らしてきた私は見逃さなかった。

　安堵があった。それが答えだった。穏やかな生活を共にしてきた私たちの間には、離れる寂しさはあっても、引きとめようとする熱はなかった。

　そして、その生活ですら、一緒に作ろうとしたわけではなく、彼はただ居心地の好い場所にやってきただけだった。

　それでも、口先だけだったとしても、さっき彼は向き合ってくれようとしていた。これからの暮らしと関係について。私にとってはそれで充分だった。嫉妬したとしても、私は伊東くんが欲しいわけじゃなかった。私はただ、彼と暮らすことで、若い男性に拒まれていないという事実が欲しかったのだろう。伊東くんも同じだったかもしれない。私たちは誰かに受け入れられたいという気持ちを持て余していた。

しゅわしゅわしゅわしゅわ、さっきの油の音がよみがえる。湿ったものが飛んでいき、頭の中がからりと明快になっていく。

「知り合いのデザイン事務所が声をかけてくれて。東京っていっても、長崎県にある島のプロジェクトなんだけどね。島ひとつをテーマパークにするんだって。すべてのデザインを担当するから人が足りないみたいで」

伊東くんは話す私をじっと見ていたが、「びっくりしました」とだけ言った。

「いつ決めたんですか」

いま、と思ったが言わなかった。「急でごめんなさい」と頭を下げた。

「高村さんだって独立してるのに」

「うん、しばらくは自分の仕事と並行させなきゃいけないから忙しくなると思う。ごはんとかお弁当とかちょっとできない日があるかも」

「いや、そんなのいいんですけど」

高級旅館の連なる通りを、ぼんやりとした灯りをたどって歩く。静かで、雨に濡れた木の香りがした。

「私ね、諦めて一人になったの。仕事も、プライベートも」

伊東くんが黙って横に並んだ。

「景子みたいにね、好きなことやりたくて独立したんじゃない。いろんなことに疲れて一人になったんだよね。年齢のせいにして。でも、やっぱり諦めきれてないみたい、それに気がついちゃって」

彼と一緒に暮らしてから、SNSをぐるぐるまわって寝られなくなる夜は減った。人に作る食事と自分のためだけの食事は違った。私は人との生活も、自分だけの生活と同様に慈しむことができた。

だから、これから探すのだ。ちゃんと自分が欲しいものを。

「ありがとう」

本心だった。

「一年もたたないのにごめんね」

気にしないでください、と言うかと思った。けれど、伊東くんは笑顔も作らなかった。しばらく地面を見つめて、ゆっくりと顔をあげた。

「わかるようになるまでいたかったです」

「なにを」

「雨の音。季節によって違うんですよね。高村さん、よく言ってました」

「よく言ってた？」

「はい」

笑いがもれた。私も油断していたのか。濡れた夜道に笑い声が響いた。まだ酔っている。こんな夜からはじまった暮らしだったから、こうして終わらせるのが正しいような気がした。

「帰ったら紅茶淹れるね」

「あ、フォレノワール」

弾かれたように伊東くんが飛びあがり、「忘れました！ 取ってきます！」ときびすを返した。私が行くよ、と言いかけて、最後くらい甘えようと思った。

走っていく背中に「ゆっくりでいいよー」と声をかけ、夜空を仰いだ。息を吸い込むと、どこかで芽吹いた青い植物の匂いがした。

手巻き

「チャンスの女神は前髪しかないっていうやろ」

営業に異動になった頃、先輩たちからよくそう言われた。「はい？」と訊き返すと「きたって一瞬を逃すとな、もう摑めへんってことや。女神は後頭部ハゲっちゅうことやな」と豪快に笑った。

もうすぐ営業も三年目になる。新年度には新人が入ってくることになっている。支店長は東京本社に戻れることになった。

「寂しい顔したらあかんで。家族とおるんが一番や」と隣家の婆さんはしわがれた声で言う。俺の手のコンビニ弁当を一瞥して「まあ、あんたは気ぃ落とさんと。まだ若いんやから」と見当違いの励ましをくれる。俺が恋人と別れたと思っているようだ。

恋人は華だ。別れたとは思いたくないけれど、数ヶ月も連絡をとっていないから自然消滅というやつなのかもしれない。別れるのは高村さんとだ。転職と転居を決めた高村さんは家を空けがちになった。高村さんが帰らない日が増えると、冷蔵庫の空洞は比例するように増えていき、俺の弁当の具はどんどん減った。高村さんに気を遣わせないように「昼は外で済ませますから」と言い、弁当用のタッパーもスープジャーもしまいっぱなしになっている。

こういう気配りはできる。けれど、俺は基本的には受け身で、事態を変えるほどの行動力はない。それは高村さんとの関係でも、営業の仕事でも、よく表れている気がする。

たとえ新人が入ってきても、俺は「チャンスの女神は前髪しかない」なんてことは言えない。営業の成績はずっと平均。取引のある店からのクレームはないけれど、新規開拓は少ない。良くも悪くもないタイプ。

営業成績が毎月トップの先輩は不動産関係者と仲良くし、新装オープンの飲食店の情報を誰より早く入手しているらしい。工事しているうちからぐいぐい営業に行く。

自分だったら店の看板がでるまで行けない気がする。それがチャンスを逃すということなのだろう。でも、そもそも走ってくる女神に声もかけられない人間が、走ってきた女神の髪を摑むなんて大それたことができるわけがない。女神が後頭部ハゲであろうが、長い髪をなびかせようが、結果は同じだ。それがわかるから後輩ができても言えない。

想像の中の女神の顔はいつも高村さんに変わる。顔を合わすたびに「新居、見つかりました?」とか「出張大変ですね」とか気を遣い、本当に言いたいことを逃し続けているからだ。

町家に帰ると、居間の電気が点いていた。ローテーブルの前に高村さんの背中が見える。寝ているのかと思ったが、かすかに右肩が動いている。一心不乱に書き物をしているようだった。俺が帰ってきたのにも気がつかない。

ふいに、華を思いだした。何かに集中すると他のことが消えてしまう彼女の横顔が浮かんで、喉が詰まったように苦しくなった。

夜風が後押しして、ドアが俺の背後で音をたてて閉まった。高村さんが驚いた顔で振り返る。口が「ああ」となぞって、一瞬あけて「お疲れ」と言う。まるで職場仲間のようだ、といままで気にならなかったことがひっかかる。我ながら、女々しい、と思う。

「帰っていたんですね」と土間で靴を脱ぐ。台所はひんやりと暗く、湯をわかした気配もなく静まり返っていた。帰宅するとすぐに台所に立つ高村さんにしては珍しい。

居間に入ると、高村さんはトレンチコートを着たままだった。旅行鞄が置きっぱなしになっている。俺の顔を見上げ、すぐにデザインスケッチらしきものが描かれたノートに視線を落とす。しゃっしゃっとペンが動く。紙面はすぐに埋まり、手早く次のページがめくられる。

「ごめん、ちょっと思いついたぶんだけやっちゃう」

謝りながらも顔はあげない。二階の自室で楽な服装に着替えて居間に戻ると、同じ体勢のままの高村さんがいた。

「お茶、淹れましょうか」

声をかけると、「コーヒーにしようかな」と呟きながらトレンチコートを脱いだ。右腕をあげ、次に左腕を抜く。緩慢な動きだった。

「夕飯は食べました？」

「うん、新幹線でお弁当を」

脱いだトレンチコートをぐるっと丸めて、高村さんはまたペンを持つ。

「なにか食べたいものありませんか？」

思わず訊くと、彼女は心ここにあらずといったように顔を傾けて俺を見た。

「ほら、ホワイトデーもお返しできていませんし。それとも桜が咲いてから花見を兼ねてどこか行きましょうか？」

「あ、桜ね……」

曖昧に微笑むその顔を見て、俺が思っていたより早く、高村さんはここを出るつもりなのだと気がついた。

「あの……」

「手巻きがいいな」

「え」

「もう鍋って季節じゃないから、手巻き寿司しない？　一人暮らしだとなかなかしないし。明日はお休みだよね、なにか予定ある？」

腰を下ろすタイミングを失い、立ったまま首を横に振る。

「じゃあ、昼間に買い物をお願いしていい？　ちょっといいお刺身とか買ってきてよ。私、これから徹夜だから起きるの遅くなっちゃうし」

「あ、はい」

「具、なににしようか。なにが好き？」

高村さんは一人でどんどん喋りながらファイルから紙をひっぱりだす。「チープな具が楽しいよね、手巻きは。アボカド、明太子、サーモン、かにかま……」と裏紙に書いていく。

「魚肉ソーセージとかですか？」俺が言うと「それはしたことない！」と口をあけて笑う。疲れた顔をしているのに、表情はなんだか晴れ晴れとして見えた。新しいことに向かっているからだろうか。急に置いていかれた気分になる。

「手巻き寿司なんて実家でしかしたことないんで、子供の頃で止まってるんですよ」言いながら、もしかして華も、と不安になる。俺と離れた気になってせいせいしているのかもしれない。

食材で埋まっていく裏紙を見つめながら「コーヒー淹れますね」と呟いた。「ありがとう」と高村さんは微笑んで「かいわれ」と書き足した。

昼前に起きると、高村さんの仕事部屋からはまだ青白いパソコンモニターの光がもれていた。音をたてないように身支度をして外に出る。コーヒーチェーン店のサンドイッチで簡単に朝昼兼用の食事を済ませ、デパ地下で食材を揃えた。言われた通り、ちょっといい刺身の盛り合わせを選び、思いついて肉屋でローストビーフも少し包んでもらう。メモには新玉ねぎも書いてあるからきっと合うだろう。

何も考えずメモ通りに籠に入れたら、思ったよりも高額になった。慌ててカードで払う。ずっとろくに食費をだしてこなかったことに、いまさら気がつく。紙袋に入れて渡された食材は腕にずしりと重かった。

日本酒を買うと両手がふさがった。どこにも寄れず、歩いて町家に帰った。そっとドアを開くと、台所に高村さんがいた。出汁の香りと蒸気がただよう土間に、一瞬、込みあげるものがあって足が止まる。人の気配のある家に帰る安心感に、いつの間にか慣れてしまっていた。もうこの人のこの姿は見られなくなってしまう。

高村さんはこちらを見ない。「買いだし、ありがとう」と言いながら、卵をボウルに割っている。賞味期限が、とパックに残っていた卵を全部使う。

「ちゃんと寝ましたか」

居間から台所へ行き、掠れた声で訊くと、「夜寝る」と涼しい顔で菜箸を動かした。じゅわっとフライパンが芳ばしい音をあげ、くるくると卵焼きができていく。見つめていると「お刺身、皿にだしてくれる？」と横目で言われた。俺がもたもたと食材を紙袋からだしている間に分厚い卵焼きができ、高村さんは野菜を洗って切りはじめた。とととととっと包丁の軽快な音が台所に響き、炊飯器の炊きあがりを報せる電子音が鳴った。

台所の忙しさに俺の感傷なんて消されていく。高村さんは具を次々に皿に盛り、居間に運ぶ。合間に酢飯を混ぜ、町内会でもらったうちわであおぐ。結局、俺がやったのは刺身をパックから皿に移すこととシーチキンの缶開けだけだった。シーチキンは「油きって」とやり直しをくらった。最後に海苔を切り、食卓についた。

ローテーブルは手巻きの具と調味料でいっぱいで、酢飯の器は床に置かれていた。ビールで乾杯する。お別れ会、という単語が浮かんだが言わなかった。

「なにから食べよう」と言い交わす。

「私、まずはマグロ」

「じゃあ、ぼくはアジから」

「生姜あるよ」

「薬味たっぷりですね」

かいわれ大根に大葉、みょうが、白髪ねぎ、生姜は千切りと紅生姜と甘酢生姜と三種類もあった。たたき梅や煎り胡麻も小皿に入って並んでいる。

「薬味入れ放題なのが手巻きの醍醐味だよ。あ、ローストビーフおもしろいね、わさびに合う」

「胡瓜って細く切ったほうが他の具と馴染みますね。食べやすい」

「次、イクラ。卵焼きと卵セットにする」

「じゃあ、ぼくはイクラとサーモンで親子巻きに」

そっちのいいね、と言っては、新しい具を巻いて食べた。ビールがなくなり、日本酒に替えて、途中で吸い物休憩をし、そのうち何を巻いたか申告せずに黙々と口に運ぶようになった。高村さんは何回か台所に立って追加の海苔を切った。巻いては食べ、巻いては食べの反復運動に呑み込まれたように食べ続けた。

ふいに、高村さんが天井を仰いだ。「食べた」とのけぞるように床に両手をつく。「お腹いっぱい」

「食べましたね」と、俺も息を吐く。残り少なくなった大葉やかいわれ大根が、皿の上でくたりと張りをなくしている。

「なにが一番だった?」

満ち足りた、けだるげな声で高村さんが訊いてくる。

「ベストですか?」

「そう、ベストワンの具」

悩んでいると、「伊東くんはイカが好物なんじゃないの?」と笑われた。

「それ、寿司の話ですよ」

「手巻きだって寿司じゃない」

「でも、納豆とかオクラとか、いろいろ合わせられるから。刺身もいいですけど、シーチキンやマヨネーズ系も捨てがたいし」

「イカ、たたき梅と大葉と巻くのもおいしかったよ」

「あ、ぼくもそれやろう。刻みらっきょうも初めてでしたけどおいしいですね」

腹の皮が裂けそうなほど満腹だったが、知らない味があるのは悔しい気がして海苔を手に取る。無数の具の組み合わせは膨大で、すべてを食べられるわけではないとわかっていてもついつい挑んでしまう。そういえば、手巻き寿司って昔からぐったりするくらい食べてしまうなと思いだしていると、高村さんがぼそっと言った。

「選べる自由って一番を見失うよね」

「え」と顔を見たが、高村さんは「駄目だ、眠くなっちゃう」と立ちあがった。台所からラップを持ってきて、「食べるぶんだけ取ってしまって」と言う。

「刺身、残さないほうがいいですよね」

「そうだね。でも、無理しないで。漬けにしておけるから」とてきぱきと片付けだす。慌てて最後の手巻きを口に押し込んで、高村さんの背中に呼びかける。

「今度、料理教えてください」

「たとえば？」

ちょっと考えて華に作った三色弁当を思いだした。あの時も俺はまずい炒り卵しか作れなかった。

「肉そぼろとかですかね」

「肉そぼろもいいね。今度は韓国風の手巻きにしようか」

高村さんは片付けの手を止めずに話す。やかんに水を入れ、コンロにかける。なんとなく、そんな日はこない気がした。

ローテーブルの上から物がどんどんなくなり、やがて湯呑みが置かれた。ほうじ茶の香りが湯気となって揺れる。ぼんやりと考えた。なんの根拠もなく、俺は自分が選ぶ側だと思っていた。華か、高村さんか。でも、勘違いだった。思いあがりもはなはだしい。高村さんはあっさりとこの生活を手放すことを決めてしまった。

「ぼくとの暮らし、楽しかったですか？」

酔っていたのだろう。それでも、本当に言いたいことは呑み込んだ。心の中ではこう訊いていた。

ぼくはあなたの役にたっていましたか？

最後までわかるようでわからなかった。高村さんがこの生活に何を求めていたのか。俺に何かを求めていたのか。応えられるかもわからないのに、必要とされていることを確認したい気持ちがずっとあった。甘えだ。最後まで。

「楽しかったよ」

高村さんはまっすぐに答えてくれた。そこには彼女が「伊東くん」と最後の「う」まで発音する時と同じ、清書するような確かさがあった。ああ、こういう人だった。そう思いながら「ぼくもです」と言った。

「たくさんおいしいものを食べました」

「食べたねえ」

ふふ、と笑って、どちらからともなく茶をすすった。

次の朝、起きると高村さんの姿はなかった。代わりに、ローテーブルの上には三角の塩むすびがあった。冷蔵庫を開ける。余った酢飯も具もない。残り物を片付けて俺のためだけに米を炊いてくれたのだとわかった。

ひとつ、塩むすびを手に取る。どれも同じ大きさで整然と並んでいる。てっぺんを少しだけかじり取る。うまく飲み込めない。涙目でとんとんと胸を叩きながら、彼女の一番好きな手巻きの具を訊き逃したことに気がついた。

高村さんのいない町家は黴臭さが鼻についた。台所に目を遣ると、吹き抜けの天井から差し込む日光の中で埃が舞っていた。俺も引っ越さなくては、と思った。


イタリアンレストランの裏口をノックして、「失礼します」と厨房に入る。トマトソースと油とニンニクが入り混じった空気が押し寄せてくる。先月より従業員が増えている。コックコートが足りないのかTシャツ姿の若者もいる。

有名なグルメガイドにこの店が載ったことを思いだす。店の前には行列ができていた。

もともと男性ばかりの気の荒い厨房だったが、そこに疲労による苛立ちが加味され、より殺伐とした雰囲気になっていた。今日は、もっと目の細かくて安価なグラス用ふきんはないのかと電話をもらったのでサンプルを何枚か持ってきたのだが、誰にも話しかける隙がない。

「あの」と声をあげるが、洗浄機の音でかき消される。

いつも見積もりを預かってくれる銀色ピアスの青年は皿洗いを卒業したようで、流し場付近にいない。

彼を探そうとした時、「なんで肉こんなにだしてんだ！」と料理長の大声が厨房を震わせた。

「すっかりぬるくなってんだろ！　誰だ！」

肉塊の前で料理長が真っ赤になっていた。解凍する量を間違えたようだ。一度、解凍してしまった肉をもう一度冷凍すると、ドリップと呼ばれる旨味成分の入った液体がですぎてしまい、肉の味が落ちてしまう。

凍りついた厨房でかすかに息を呑む気配がした。横を見ると、貯蔵庫の出入り口でずんぐりとした若い男が顔色を失っていた。初めて見る顔だった。調理専門学校のロゴが入ったエプロンをしている。

誰も言葉を発しない。皆、俯《うつむ》き、目立たないように手を動かしている。「誰だ！」と料理長がまた怒鳴る。睨みつけた先には、いつも俺に声をかけてくれる下っ端の青年がいた。真剣な表情で作業台にのせた平たい箱からトマトを選んでいる。洗浄機のすぐ横にいるせいか、料理長の怒りにまるで気付いていない。

頭に血の上った料理長はロースト用の分厚い肉を掴むと、ずんずんと近付いていった。やっと、ただならぬ気配を感じた青年が顔をあげる。

「また、お前か！」

料理長が腕を振りあげた。肉の塊が空を切り、青年の頬に思い切り当たった。ばちん、と湿った音が響いた。

厨房が静まり返る。

料理長の手にだらりとぶら下がった肉を見て、すっと青年の目の色が変わった。手がまな板の上の包丁に伸びた。鈍い銀色の光が閃《ひらめ》く。

いけない。

咄嗟《とっさ》に、近くの作業台の上にあったボウルを掴んでいた。洗ったばかりのレードルや菜箸、パスタ用のトングが何本も入っている。それを床めがけてすべらす。

金属が散らばるものすごい音がして、厨房の全員がこちらを見た。包丁の柄を握り締めた青年と目が合った。青年は真っ白な顔をしていた。ゆっくりと指がひらいて、包丁から手が離れる。

それを確認すると、「すみません！　すみません！」と床に這いつくばってレードルやトングを拾い集めた。

「あんた、なにやってんだ」

料理長が呆れた声をだした。自分の手の肉塊にちらっと目を走らすと、ぎこちない動きで元の場所へ戻す。近くのスタッフに「片付けとけ」とばつが悪そうにぼそっと呟いた。

「申し訳ありません。洗います。洗わせてください」

「いいよ、もう。サンプル置いて出てってくれよ。こっちは忙しいんだ」

鍋を洗っていたスタッフがやってきて、俺の手からボウルを取る。厨房は何事もなかったかのようにざわめきを取り戻し、俺は外へ追いだされた。

何をやっているんだ、俺は。肩を落として繁華街へ向かって歩きだす。

数メートル進んだところで、「あの」と後ろから声がした。

室外機の並ぶ路地裏に青年が立っていた。短いコック帽を取り、汚れたエプロンと一緒にぎゅっと握り締める。「あの……」と、もう一度言う。下を向き、唇を嚙み、また顔をあげた。

「前に伊東さんが提案していたロゴ入りナプキン、すげーいいと思います」

「へ？」

間抜けな声がでてしまう。青年がかすかに笑った。遊び疲れた子供同士が笑い合う時のような無邪気な笑顔だった。

「あと、黒い紙おしぼりってあります？」

「あ、はい、紙おしぼりですね。ありますよ、おみくじ付きも花柄も水玉もなんでもあります。今のお勧めは、おもてなしデラックスというもので、ええと、一見普通なんですけど、厚手でごしごし拭いても破れないんです」

あたふたと鞄からサンプルを取りだす。

「へえ、こんなにあるんすね」

青年が近付いてきてしげしげと眺める。千代紙の模様がプリントされた、和食用のおしぼりサンプルにちょっと触れる。指が荒れてぼろぼろだった。今度、見積もりを持っていく時は刺激の少ない食器用洗剤を勧めようと思った。

「でも、黒いのがいいんです。俺の友達がタトゥー屋やることになって、黒が好きな奴だから、ティッシュもマスクも黒を探していて。『ドン・キホーテ』とかにあるらしいんですけど、消耗品だったら業者さんに頼んだほうが絶対安いですよね。ありますか？　てか、飲食店じゃなくても卸してくれますか?」

「黒ありますよ、ティッシュもマスクもぜんぶ。住所を教えていただければ、明日にはサンプルを持っていけます」

青年は嬉しそうに笑った。八重歯がちらりと覗く。

「さっきは助かりました。なんか、振られてむしゃくしゃしてて」

肩をすくめ、口の端を歪ませる。それでも、一瞬、彼がまぶしく思えた。高村さんに去っていかれても、華と音信不通になっても、俺は振られたって言うこともできない。何もかも曖昧なままだ。

「それに君じゃないよね、肉を解凍しすぎたの」

青年は歯を見せて笑った。

「もういいっす。伊東さん、暴れてくれましたから」

ふ、と俺も笑ってしまう。

「出禁になるかも」

「俺が店だす時までがんばっていてくださいよ」

青年はコック帽を被《かぶ》りなおし、勢いよく頭を下げると厨房へ戻っていった。ビルとビルの隙間のわずかな空を見上げる。

こんな自分でも咄嗟に動くことができるんだな。チャンスなんていうものではないけれど、最悪の事態を変えることができたのだ。

華に会いたくなった。もう駄目だとしても、会いにいこう、と思った。

バインセオ

寝返りをうった瞬間、布団から肩がでていることに気がついた。吸い込む空気に尖った冷たさがない。ゆっくり目をひらくと、カーテンの隙間が真っ白に光って目を貫いた。「ううっ」とうめいて布団をかぶり、そろそろと顔をだす。日光のまばゆさに目が慣れて、空の青が見えるようになってから身を起こした。天気が良い。

そして、すごくよく寝た。ごくごくと水を飲み干すような眠りで、ずっと足りていなかったなにかが体に満ちているのを感じた。

床に目を落とすと、蓑虫《みのむし》のような塊がもぞもぞと動いた。寝袋からにゅうと腕が出て、床の上を撫でまわし、眼鏡をつかむ。ともちゃんがいつもよりいっそうハスキーな声で「華ちゃん、水ー」と言った。

「んー」と枕元にあったペットボトルの緑茶をふってみせる。「これしかない」たぶん昨日買ったものだから安全なはず。めでたく二人とも博士号を取れ、夜の研究室で祝杯をあげた。その帰り道、朝方の青ざめた空気の中、どこかの自動販売機で買った覚えがうっすらとある。

ともちゃんは四月から北海道にある畜産系の大学に移る。すこしずつ荷物を持ち帰っていて、今くるまっている寝袋もそのひとつだ。あちこちに牛舎の藁がついている。

下半身を寝袋に入れたまま、ともちゃんが肘で床を這ってきて、あたしの手から飲みかけのペットボトルを受け取った。

身をくねらせて飲む姿にふふふと笑いがもれる。ペットボトルをくわえたともちゃんが「なに」と言うように目を向けてくる。

「なんか人魚みたい」

「非科学的な。そんな優雅なもんじゃないし」

「じゃあ、オオアナコンダに呑まれてるみたい」

「呑む前に締めあげるんだから、生きているのはおかしいじゃない。アナコンダよりニシキヘビがいいな、卵生だし」

「細かいなあ。うん、でも爬虫類は卵がいいの、わかる」

笑って、ペットボトルをもらい、傾ける。ぬるい。口の中のねばっこさが取れなくて、もうひとくち飲む。

「女同士は楽だねえ」

そうつぶやくと、ともちゃんは「役割分担がないからじゃない」とぼさぼさの髪を乱雑にまとめながら言った。「あ、もう三時過ぎだよ。すっごい寝たね」とつけ足す。

「役割？」

「うん、華ちゃんはなんだかんだ真面目だからね。恋愛でも役割を果たそうとするじゃない。ちゃんとお洒落したりさ」

それは、と否定しかけて、姿見に映る自分と部屋を見て呑み込んだ。そう、かもしれない。正和の前では化粧を落とさずに服のまま寝たりしないし、こんなゴミや埃で汚れた部屋に通して平気ではいられない。

充電の切れたアイフォンをコードにつなぐ。掌につたわる振動と共にメッセージが画面に浮かぶ。正和からのメッセージはずっと読んでいない。着信も無視し続けている。

ため息を吐いて目をそらすと、ともちゃんが「お腹すいた」とつぶやいた。

「うち、なんにもないよ」と言うと「知ってる」とすかさず返ってくる。この言葉だって正和に言われたら傷ついただろう。そうだ、あたしは傷ついている、ずっと。連絡を取らないのは傷ついていることを正和に知っていてもらいたいからだ。謝られたり、別れたり、和解したりして、あたしの傷を終わりにしたくないのだ。

「めんどくさ」

もれた言葉は、ともちゃんの耳には入らなかったようだ。

「野菜が食べたいな。我々にはビタミンと繊維が足りていない」と真面目くさった顔でぶつぶつ言っている。

「なんか買ってくる」

作る気力はないからコンビニのサラダかなと考えていると、「いや」と、ともちゃんが首を横にふった。

「ベトナム料理に行こう」

交代でシャワーを浴びて、荒れた肌に化粧水を叩きつけコンシーラーで粗を隠し、眉だけはきっちり描いた。コートはベッドの足元に落ちて皺だらけになっていた。ともちゃんを見ると、あちこちけばだったフリースにすっぴんだった。眼鏡と前髪が、つながりそうな眉毛を隠している。あたしも眼鏡を買おうかな、と思いながら皺だらけのコートを着てアパートを出た。

夕暮れの街は妙にざわざわしていた。身長の高いともちゃんは長い脚でぐんぐん歩く。人混みというほどでもないけれど、気を抜くとぶつかりそうになる歩みの遅い人たちの隙間をぬって追いかける。観光シーズンなのか、と気づく頃にはコートの中が蒸れてきた。

「ちょっと暑くない、今日」「モヒート飲みたいね」と言いながら角を曲がった。赤に黄色い星の旗が見え、細い出入り口を進んで中に入る。厨房では異国語が飛び交っていた。

テーブルについてメニューをひろげる。

「生春巻き? なんていうんだっけ、ゴイクン?」

「それもいいけど、とぅるっとぅるの蒸し春巻きも食べたい。バインクオン。チャーゾーっていう揚げ春巻きもおいしそうだけど」

「野菜ならバインセオも?」

「フォーはどうする? フォーガー? フォーボー?」

「なにがなに?」と笑いながらメニューをのぞき込む。知らない言葉を合っているかわからない発音で口にだしているのが愉快だった。解剖や研究みたいだ。知らないことは楽しい。わくわくする。正和のことから逃げたいのは、もう知っている感情しかないからなのかもしれない。

注文するとすぐに料理がやってきた。派手な花柄の絵皿に、白くうっすら透ける蒸し春巻きがのっている。箸でそろそろと持ちあげ、すするように食べていると、テーブルの真ん中に大皿と葉野菜の盛りあがるプラスチックバットが置かれた。バインセオの大きさにちょっとたじろぐ。どんな巨大なフライパンで作っているのか、こんがりと焼けた薄いお好み焼きのようなものが具を隠すように半分に折られている。かすかに甘い、芳ばしい生地の匂いにお腹が鳴った。ともちゃんがせっせと切ってくれる。

サニーレタスで巻いたパリパリのバインセオを頬張ると、みずみずしいもやしが歯でぱきぱきと折れ、パクチーの香りが鼻に抜けた。ぎくっとしたが、いける、と思う。苦手だと思っていたパクチーがおいしく感じた。手づかみで野菜をしゃぐしゃぐと食べる。ともちゃんも大きな口をあけてかぶりついている。張りのある野菜を噛みちぎるのは肉並みの高揚があるな、と思った。手づかみ、というのがいいのかもしれない。

スパイスに漬け込んだ焼き鳥にはレモンをたっぷりしぼり、炒め物や揚げ物は皿にそえられてるサニーレタスで巻いて食べた。テーブルの端に並んだ、独特の匂いや甘さの調味料をふりかける。

「酢がなんか、おいしい」

唐辛子の沈む黄味がかった酢を揚げ物にたらしながら、赤くなった顔のともちゃんが言う。

「わかる。昔は酢の物とかぜんぜん好きじゃなかったのに」

「大人になった気はしないのに、加齢だけは進んでいく実感がある」

「ほんとだね。大学って老けた子どもばっかりいるよね」

「うちらもそうなっていくんだよ」

怖い怖いと言い合って、そう言いながらもお互いたいしてそんな未来を恐れていなかった。きっとあたしたちは大学という研究の場から離れてしまうほうが恐ろしい。

澄んだスープのフォーを分けて、グラスに入ったチェーをデザートに食べた。小さな氷を噛みくだきながら、ココナッツミルクをスプーンでかきまわし、タピオカや緑豆餡《りょくとうあん》を口に運んだ。

店を出ると、もうとっぷりと夜で、あんなに眠ったはずなのにゆらりと眠気が体にまとわりついた。体がまだ休息を求めている。

「外食でなんとかなるね」

そう言うと、ともちゃんが首を傾げた。

「野菜」

「ああ」と口をあける。満たされると、欲しかった気持ちは忘れてしまう。

「なるでしょ」と、ともちゃんは当たり前のように言った。

「手作りが一番っていうのは、呪いに近い思い込みだよ」

「非科学的？」

「うん、非科学的」

ぬるい夜闇をあたしたちの笑い声が揺らしているみたいだった。曲がり角で「バインセオ」と、ともちゃんが言った。

「なにそれ」

「なんか、じゃあまた、みたいな言葉だなって思って」

「ぜんぜん違うよ、絶対。酔っぱらってる？」

「ちょっと」

「バインセオ！」とあたしが言うと、「バインセオ」とともちゃんが手をふった。そのまま、あたしのアパートとは逆方向へ歩いていく。

ちゃんとお別れを言うのが照れくさかったのかもしれない。あたしは背の高い後ろ姿をしばらく見送り、来た時と違う道を選んで歩きだした。

公園の横を通る。ふっと目の前を白いものがよぎった。

見あげると、桜が咲いていた。音もなく降ってくる。

「あ」と声がでてしまう。見まわすと、道行く人も足を止めて夜桜を見あげている。枝先にぽんぽんと咲く白い塊はホイップクリームのようで、やわらかい気持ちになった。

ともちゃん、とアイフォンをだして思いだす。いつだったか、空を見あげて正和にメールをした。大学の帰り、大きな夕日を見た時だった。

同じ景色を見て欲しいと思った。それでなにが伝わって、あたしたちのなにが深まるかはわからないけれど、ただ見て欲しいと思った。

あたしが迷っている間も桜は散り続けた。はらり、とアイフォンの画面にも落ちる。指先でおさえようとすると、身をそらすようにすべり、足元のコンクリートに消えた。つかめそうで、つかまえられない花びら。

桜を追った指は正和とのＬＩＮＥをひらいてしまっていた。あ、と思ったが、やわらかい気持ちはかすかに揺れただけでまだ保たれていた。

別れるとか、別れないじゃない。

あたしは言わなくてはいけないことがあった。自分のために。

今なら言えるかもしれない。散らばる花びらを見て、息を吐き、メッセージを送った。

返信はすぐにきた。居場所を聞かれ、答えると「待ってて」のメッセージの後、既読がつかなくなった。自動販売機で温かいミルクティーを買い、ブランコの柵にもたれながら半分ほど飲んだところで、公園の入り口に自転車が停まった。

ざくざくと湿った砂の音をさせて正和がやってくる。息を切らしているのか、街灯のせいか、顔がすこし怖かった。

「なんか疲れてる？」

「ちょっと引っ越しとかでバタバタしてたから」

　引っ越したんだ。でも、なんとなく聞いて欲しそうだったから聞かなかった。忙しいのにきてくれてありがとう、も言いたくなかった。沈黙が流れる。

　よく見ると、見覚えのあるスウェットを着ていた。あたしの部屋に置いていたものだ。喧嘩して、窓から投げたもののひとつ。

「ごめん」と正和が言った。

「今は一人で住んでいるから」

「聞きたくない」とさえぎった。パン屋で見かけたあの女の人の姿が浮かぶ。あたしは彼女にもうなんの感情も持ちたくない。

「なにを聞いても疑うし、信じられないから。それにあたしは」

　吸い込んだ空気は夜の匂いがした。ひりひりする。正和と会う時、いつも嗅いでいた匂い。

「あの女の人とは違うから。正和に居心地の好い家を作ってあげれる人にはなれないし」

「え」と正和が間抜けな声をあげた。

「あたしはたぶんこれからも変わらない」

　まっすぐに正和を見る。夜桜を背景にした正和はどことなく青ざめて見えた。幽霊みたい、と思う。あたしの頭の中が作った正和の幻想に話しかけているみたいだった。

「大学に残ることになったから。続けれる限り、研究を続けるって決めたの、一生。あたしはずっとこんな生活だよ。でも、普通じゃないって言われても、もう気にしない。正和の言う普通をあたしは求めていないから」

自分で選んだ道を生きているのに、正和のために時間を作ってあげられる人を妬むのは筋違いだ。正和と一緒に住む気だってなかった。家事だって、掃除だって、そんな時間があるなら研究か睡眠にまわしたい。できないんじゃない、したくないんだ。

「同じ街にいても、あたしは急に呼ばれてもこんな風には会いにこれない。解剖中は他のことに時間を割きたくない」

正和の表情が険しくなる。

「……でも、だからって、恋愛より優先すべきものがあるからって、勝手に判断されたくない。気持ちを決めつけられたくない。他の女の子とは違うかもしれないけど、普通じゃないだろうけど……」

ぼわっと視界がにじんだ。そこらじゅう桜みたいになっている。ああ、悔しい。泣きたくなんてないのに。かすれてしまう前に、必死に声を絞りだした。

「あたしは好きだったし、傷ついたよ」

嘘つき。また怒りと悲しみが込みあげてきて、叫びそうになるのをこらえた。正和の嘘つき。正和だけじゃない。みんな、嘘つきだ。恋したからってそれまで大事にしていたものを捨てられるわけがない。あたしには、できない。

「ごめん」と正和がつぶやいた。さっきのごめんより低くて重かった。

「本当にごめん。嫉妬していたんだと思う。華は俺より好きなものがあるように見えて。でも、今はそうじゃないってわかる。わかってないって言われるかもしれないけれど、生活とか恋愛とか仕事とか、なにかを一番になんてできないって、そんな単純なものじゃないってなんとなくわかるから」

ざり、と地面が鳴った。一歩だけ、こちらに近づいた正和と目が合った。

「それでも、俺は華のことを優先させたいって思ってる。華がそうじゃなくても」

なにか言いかけて、うつむく。

ややあって、「知りたい」と正和の口が言葉をなぞるように動いた。

「そうやって話して欲しい。ちゃんと華のこと知っていきたい」

不覚にも涙がこぼれた。ぬるい液体が頬をつたって、顎から手の甲にぽつっと落ちた。ごしごしと手でぬぐいながら「正和だって話してよ」と嗚咽《おえつ》しながらわめいた。

「ものわかりいい顔してるくせに、裏では不満ためてるとか、そんなんやめてよ。なんか、ずるいよ」

「うん、ごめん」

「他の女の人にごはん作ってもらって助かるとかムカつくよ」

「うん」

「ちゃんとした生活がしたいなら正和が主夫になればいいじゃない」

「ほんと、そうだよね」

困った顔で笑いながら、ティッシュをくれた。ポケットティッシュを持ち歩いている男性なんて大嫌いだと思って睨んだら、「花粉症なんだ」と正和が恥ずかしそうな顔をした。

「知らなかった」と言いながら洟をかむ。

「華の部屋に行くときは薬を飲んでいたからね」

そう言ってくしゃみをひとつした。ちらっと後ろに目を遣り、「桜、きれいだね」とあたしを見た。黙ったままうなずいて、しばらくふたりで夜桜を眺めた。桜はさっきと同じように静かに咲いていた。粉砂糖をたっぷりまぶしたように光っている。

いつの間にか、涙は止まっていた。お尻が冷たい。柵から腰をあげると、その気配で正和がこちらを向いた。

「アパートまで送るよ」

「大丈夫」と歩きだす。冷めたミルクティーをごくごくと飲み干してゴミ箱に空き缶を投げる。泣きはらしたひどい顔をしているであろうことが不思議と気にならなかった。

「バインセオ」と片手をあげて、公園を出る。

「えっなに、それ、なんだっけ」

自転車をひきながら正和が小走りで追いかけてくる。

「わかんない」とうそぶきながら、正和があたしを好きな理由もわからないな、と思う。どうして追いかけてくるんだろう。なんであたしは拒絶しないのか。あたしたちはわからないことだらけだ。

「夜ごはん、なに食べたの？」

そう聞くと、「最近、料理にはまってて」と正和は嬉しそうに話しはじめた。

春の夜道はぬるくて、やわらかくて、いくらでも歩けそうな気がした。

解説　三角五感

作家　阿川佐和子《あがわさわこ》

いい味わいだった。

ことさらに凝った印象はないけれど、客の目の届かぬところで周到な材料の厳選と入念な下ごしらえがなされ、絶妙なプログラミングのセンスを駆使した滋味深いおばんざいをいただいた。そんな後味の残る小説だ。

「さんかく」というひらがなのタイトルがまた、いい。人なつこく優しい音色だが、同時に謎めいた気配も漂う。なんなら著者の千早《ちはや》さんプロデュースで、どこか緑に囲まれた住宅街の片隅の、路地を少し入った角地にでも、「さんかく」という名前の上品な居酒屋を作ってもらえないものか。本書を読みながら夢想した。

手書きのメニューには高村《こうむら》さんが本作の中でつくったお惣菜《そうざい》の数々が並んでいる。

人参しりしり
あけぼのご飯

アンチョビとキャベツのスパゲッティ

塩豚

塩昆布キャベツ

塩豚の半ラーメン

パクチーと羊肉の水餃子《スイギョーザ》

茄子《なす》のピリ辛味噌炒め

ピーマンとじゃこのきんぴら

列記しているだけでお腹が鳴り始める。

小アジの南蛮漬け

トウモロコシご飯

鶏の唐揚げ

ポテトサラダ

焼き茄子

中華粥《がゆ》

ちなみに中華粥は高村さんの手によるものではない。具合の悪くなった高村さんのために伊東《いとう》くんが雑誌のレシピを参考に三時間以上かけて作った秀作である。

病に伏した身に胡麻《ごま》油のたっぷり入った中華粥は胃に重い。白粥に梅干しくらいでいいのに、と高村さんは内心で思う。看病というものを異性に期待したことがない、とも。げんなりしつつ高村さんは、干し貝柱の出汁《だし》が利《き》いた中華粥をすすり、「おいしい」と、二回、呟《つぶや》く。その弱々しいながらかすかに安堵《あんど》の表情を浮かべた（たぶん）高村さんの顔を想像しながら、私は叫ぶ。

「私も中華粥、よく作るんですよ！」

私事で恐縮ながら、我が家の中華粥の作り方を紹介したくなった。まず、カップ十杯分の鶏スープを取っておく。使うのは、手羽元やモモ肉の骨付き。スープを取ったあとの鶏肉の身は細かくほぐしておく。米一合を軽く研《と》いでざるにあげる。寸胴《ずんどう》鍋に鶏スープと研いだ米を入れ、塩少々、生姜《しょうが》の千切り、椎茸《しいたけ》の千切り、干し貝柱や干し海老などをほぐして加え、弱火でコトコトと時間をかけてゆっくり煮詰める。三時間はかからない。米がその姿を残さぬほどドロドロになったら、ニラと長ねぎの小口切りを入れ、ほぐしておいた鶏肉も加え、火を止める。塩加減が足りなければ各自、食卓にて自分の器の中で調整すればいい。塩のみならず、豆板《トウバンジヤン》醬や香　菜《シヤンツアイ》や黒酢や醬油《しょうゆ》などを加えて、それぞれ好みの味に仕立て上げるのがウチの流儀（ってほどではないけれど）である。

高村さんが作る中華粥はどんな味だろう。何を入れるのか。高村さんの「おいしい」の一言を聞いた（読んだ）あと、私は目を閉じてあれこれ考えた。きっと私が作る中華粥よりずっとあっさりとして品がいいだろう。

解説を書くつもりが、「さんかく」のお品書きで埋まってしまいそうだ。もとい。

著者の千早茜《あかね》さんとは雑誌のインタビューでお会いした。『しろがねの葉』で直木賞を受賞してまもなくの頃である。インタビュー当日、千早さんはゲストにもかかわらず、エッセイの書き方がよくわからないと、すでにたくさんエッセイ本を出版しているくせにこちらに問いかけ、私のいい加減な返答を小さなノートにさらさらと書き留めた。首を伸ばしてそのノートを覗《のぞ》き見れば、細かい字のメモ書きとともに絵がたくさん描かれていた。

加えて、

「今、パフェを研究中なんです」

「お会いした人の嫌いなものやお土産で渡したものとかも書いておきます。そうすれば、次にお会いするときの参考になるので」

マメな人だと思った。

私の父は小説家だったが、原稿用紙に向かって書く以外の文章書きをいたく苦にした。仕事の書き物だけで大変なのに、なんであれもこれも書かなきゃならんのだと、葉書一枚のお礼状の文面を考えるときでさえ文句を言った。気軽にさらさらっと書いておけばいいのにと、不機嫌そうな父の顔を横目で見ながら娘は内心、呆《あき》れていたが、今の歳になると父の気持はわからないでもない。ましてパソコンに慣れ、手書きの機会が格段に減ったこの時代、字を書くこと自体が億劫《おっくう》で、指がスムーズに動かなくなっている。

ところが私よりはるかに若い千早さんは手書きをまったく苦にしている様子がない。メモ書きだけではない。日記も二歳から始めて今に至るまで律儀につけ続けているとおっしゃる。

「二歳の頃はまだ文字が書けなかったので、母が口述筆記をしてくれました。五歳からは自分で書いてました」と。

生まれは北海道だが、小学校時代の四年半を父上の仕事についてアフリカのザンビアへ渡り、そこで過ごした千早さんのため、国語教師だったお母様が娘の日記習慣を継続させた。しかも、ただ綴《つづ》らせるだけではない。毎日きちんと添削をなさっていたらしい。

「一度、『母に怒られてぎゃあぎゃあ泣きました』と書いたら、赤ペンで『それは大変でしたね』って書いてあって」

親子の感傷的な関係を飛び越えて客観的な視点で応える母上に驚き、学び、千早さんは小学生にして早くも書き手と物語の距離感を身に備えたのだ。

母上の作文教育に浸りつつ、かたや獣医師であった父上の素質も千早さんには確実に受け継がれたと思われる。興味を持つとまず記録し、探究し、比較する。そしてその行動自体に没頭し、かつ心を躍らされる。まさに本作に登場する三人目の登場人物、華《はな》のようだ。

科学者である華だけではない。高村さんと伊東くんも、それぞれ五感に敏感だ。そして、そのことが、小さなサスペンスと淡々たる日常だけが描かれたこの物語を確実に豊かなものに仕立て上げている。

そのことは、もしかして千早さんが小説を書く上において、もっとも大切にしていることの一つかもしれない。直木賞を受賞した『しろがねの葉』の夜目《よめ》が利《き》くウメしかり、受賞第一作として刊行された『赤い月の香り』の嗅覚に優《すぐ》れた主人公しかり、五感のすみずみにわたる瑞々《みずみず》しい描写によって、読者は、そこに展開される千早世界へするすると導かれていく。そのなんと心地好《よ》いことか。

「たぶん人間は、けっこう視覚重視で生きているつもりなんですよ。だから小説って見えているものばかり書いているんですけど、風や湿度、肌触りや匂いなどは、視覚では判断できない」

五感の描写について千早さんは語ってくださった。そして、

「私、感じている世界そのものを文字の中に全部入れて立体物として描きたいんです」

文字だけにもかかわらず、千早さんの物語はまるで映像的、いやそれ以上に、匂いやそ

よ風や雑音までもが活《い》き活《い》きと立ち上がってくるのだ。

千早さんの文章の魅力はそれだけに留《とど》まらない。静謐《せいひつ》な世界のところどころに、千早さん独特の表現がちりばめられている。たとえば、「ずごごっ」という耳障りな音だったり、刻み玉ねぎが「しゃりっ」としたり。「くるり」と堀《ほり》教授がふり向いたり、小学生たちの高い声が「ぴちぴち」と応じたり。

高村さんは慣れた手つきで「ぽいぽい」と餃子を鍋に放り込み、ともちゃんは栄養ドリンクを出して、「ごきゅっ」と蓋をあける。

「ひろひろ」と頼りないトウモロコシのヒゲをちぎり、「ぷはっ」と息を吐く音が静かな部屋に響く。

独特の千早表現に出くわす喜びは、まるでグリーンサラダの中のピンクペッパーを嚙《か》んだ瞬間のように、あるいは街中でひょうきんな友達に思いもかけず出くわしたりしたように、思わず、「あっ」と声を発してニンマリしてしまう。淡々とした生活の中に、小さい頃から大事にしていた宝物を見つけたような気分になるのである。探せばもっと見つかるだろう。読者の皆様にも千早小説のもう一つの楽しみを堪能していただきたい。

さて、おいしそうな料理と、三人の恋のゆくえに胃袋と心を奪われているうち、どこからともなくいい匂いがしてきた。ご飯が炊けたようだ。そうだった。塩むすびを忘れていた。

「はい、明日の朝ご飯ね」

居酒屋「さんかく」の女将《おかみ》、千早茜さんから手渡された、まだ温かい三角形をした塩むすびの包みを胸に、私は暖簾《のれん》をくぐって店を出る。

ああ、おいしかったあ。また来よう。

（この作品『さんかく』は令和元年十一月、
小社より四六判で刊行されたものです）

さんかく

一〇〇字書評

切・り・取・り・線

購買動機（新聞、雑誌名を記入するか、あるいは○をつけてください）	
□（　　　　　　　　）の広告を見て	
□（　　　　　　　　）の書評を見て	
□ 知人のすすめで	□ タイトルに惹かれて
□ カバーが良かったから	□ 内容が面白そうだから
□ 好きな作家だから	□ 好きな分野の本だから

・最近、最も感銘を受けた作品名をお書き下さい

・あなたのお好きな作家名をお書き下さい

・その他、ご要望がありましたらお書き下さい

住所	〒				
氏名		職業		年齢	
Eメール	※携帯には配信できません	新刊情報等のメール配信を 希望する・しない			

この本の感想を、編集部までお寄せいただけたらありがたく存じます。今後の企画の参考にさせていただきます。Eメールでも結構です。

いただいた「一〇〇字書評」は、新聞・雑誌等に紹介させていただくことがあります。その場合はお礼として特製図書カードを差し上げます。

前ページの原稿用紙に書評をお書きの上、切り取り、左記までお送り下さい。宛先の住所は不要です。

なお、ご記入いただいたお名前、ご住所等は、書評紹介の事前了解、謝礼のお届けのためだけに利用し、そのほかの目的のために利用することはありません。

〒一〇一－八七〇一
祥伝社文庫編集長　清水寿明
電話　〇三（三二六五）二〇八〇

祥伝社ホームページの「ブックレビュー」からも、書き込めます。
www.shodensha.co.jp/
bookreview

祥伝社文庫

さんかく

令和 5 年 10 月 20 日　初版第 1 刷発行
令和 5 年 11 月 30 日　　　第 3 刷発行

著　者　千《ち》早《はや》茜《あかね》
発行者　辻　浩明
発行所　祥伝社《しょうでんしゃ》
東京都千代田区神田神保町 3-3
〒 101-8701
電話　03（3265）2081（販売部）
電話　03（3265）2080（編集部）
電話　03（3265）3622（業務部）
www.shodensha.co.jp

印刷所　堀内印刷
製本所　ナショナル製本
カバーフォーマットデザイン　芥 陽子

 ISBN978-4-396-35014-7 C0193